Une bibliothèque féministe

Agathe Le Taillandier, professeure agrégée de lettres et journaliste audio, anime « Le Book Club », un podcast hebdomadaire de Louie Media, dans lequel elle interroge des invitées sur le rôle de la littérature dans leur vie. C'est avec le même regard qu'elle a rédigé les textes de ce livre.

Cet ouvrage est une coédition L'Iconoclaste/Louie Media.

L'Iconoclaste
26, rue Jacob, 75006 Paris
Tél. : 01 42 17 47 80
iconoclaste@iconoclaste.fr
www.editions-iconoclaste.fr

Louie Media
15, rue de la Fontaine-au-Roi, 75011 Paris
hello@louiemedia.com
www.louiemedia.com
@LouieMedia

Une bibliothèque féministe

TEXTES PRÉSENTÉS PAR AGATHE LE TAILLANDIER

louie MEDIA

L'ICONOCLASTE

Sommaire

Dans ce livre, vous pouvez naviguer comme dans une bibliothèque, de A à Z, par autrices, par signataires, par genre ou encore par ordre chronologique.

Par autrices choisies

Par signataires

Par genres

Romans

Par ordre chronologique

Introduction

Un livre peut changer une vie.

Coup de poing lancé au visage de nos habitudes, baume sur des blessures trop ouvertes, oasis en plein désert, un livre peut bouleverser notre rapport au monde.

Une bibliothèque féministe réunit ces lectures choc à travers l'expérience de dix-huit femmes : Adèle Haenel, Nadège Beausson-Diagne, Laura Nsafou, Mélissa Laveaux, Titiou Lecoq, Geneviève Fraisse, Rebecca Zlotowski, Marie Desplechin, Assa Traoré, Fatima Daas, Morgane Ortin, Camille Froidevaux-Metterie, Alice Coffin, Rebecca Amsellem, Pénélope Bagieu, Nina Bouraoui, Alice Zeniter, Laure Adler. Elles sont comédiennes, réalisatrices, chanteuses, militantes, écrivaines, intellectuelles. Chacune dessine à sa manière un espace de pensée, de sensibilité ou de fiction. Elles sont le visage de nos féminismes actuels : intersectionnel, inclusif, combatif, intime, vivant et joyeux.

Nous leur avons demandé de choisir le livre de leur vie, et de nous raconter ici comment une lecture autorise, émancipe, construit.

Ensemble, elles composent ce livre-bibliothèque. Libre à vous de déambuler à l'intérieur, d'y choisir un texte ou même de commencer par la fin. Laissez-vous attirer par le nom d'une des signataires ou par le titre du livre choisi. Suivez votre désir de lecteur·trice. Cet ouvrage est le vôtre.

Une bibliothèque féministe donne la parole aux femmes et à leurs récits. À l'école, comme beaucoup, j'ai découvert l'histoire de la littérature à travers de grands noms, masculins, composant un patrimoine indéboulonnable. Quelques écrivaines venaient parsemer les programmes. Rares, elles en devenaient plus mythiques, fascinantes, et leurs noms résonnaient comme un sésame : Louise Labé, Marie de France, Marguerite Yourcenar, Simone de Beauvoir. J'aurais tant aimé, alors, parcourir un ouvrage comme *Une bibliothèque féministe* pour agrandir à l'infini ce répertoire. Coédité par Louie Media, studio de podcasts où je présente le Book Club, et L'Iconoclaste, ce livre est une conversation entre des voix historiques du féminisme et celles qui s'inventent aujourd'hui.

Entre ces pages, une nouvelle histoire se dit et se transmet. Elle trace un chemin pour sortir du silence, exister, lutter, créer, aimer et désirer. Au milieu des murmures et des cris, de la colère, de la confiance ou de la joie de nos lectrices-autrices réunies ici, j'espère que vous trouverez des allié·es pour vivre et penser un féminisme en mouvement.

Et que chaque texte viendra enrichir les étagères de votre bibliothèque intérieure.

Agathe Le Taillandier

Sortir du silence

Un après-midi pluvieux comme tant d'autres, un après-midi pour plonger dans une salle de cinéma obscure. À l'écran, trois femmes peuplent cette nuit en pleine journée : l'une est peintre, venue dessiner le portrait d'une autre pour l'homme qu'elle doit épouser contre son gré. La troisième est leur partenaire, leur alliée. C'est la fin du XVIIIe siècle, on entend en sourdine la pression d'un mariage arrangé, mais aucun personnage masculin n'apparaît à l'image. Ce film, c'est *Portrait de la jeune fille en feu* de la réalisatrice Céline Sciamma, sorti en 2019. La peintre, Marianne, jouée par Noémie Merlant, ne cherche pas de modèle à sublimer. La modèle, Héloïse, interprétée par Adèle Haenel, ne disparaît pas derrière l'image fantasmée de l'artiste. Ce sont deux êtres qui se regardent et se séduisent. Elles courent, elles sourient, elles s'observent, elles parlent, échangent, débattent, et c'est ainsi qu'elles apprennent à s'aimer. Loin des contraintes de leur société. Dans ce récit de femmes, chacune prend possession de son histoire, de son désir, et c'est peut-être pour cela que l'on se sent si ému·es. Presque invincibles, le temps d'une fiction.

Pour l'écrivaine Virginie Despentes, « le patriarcat est une narration qui a fait son temps ». Le film *Portrait de la jeune fille en feu* donne envie de croire à cette promesse, pendant deux heures, dans l'obscurité, tout comme les romans, essais, bandes dessinées et autres textes rassemblés sur les étagères de cette bibliothèque féministe idéale que vous allez parcourir. Virginie Despentes formule cette phrase sur la scène du centre Georges-Pompidou à Paris en octobre 2020, en pleine pandémie, dans un texte puissant, une pensée du corps révolutionnaire entre confinement et utopies à venir. On y reconnaît son écriture au couteau, la force de son souffle, le flux de ses phrases qui écorchent toute bien-pensance, toute idée déjà préfabriquée.

La première fois que les lecteur·trices la découvrent, c'est avec *Baise-moi*, en 1993 : le manuscrit se perd quelque temps, puis la rage de sa langue crue trouve enfin son auditoire et bouscule le milieu de l'édition. Une voix de la littérature contemporaine est née. Elle creuse son sillon jusqu'à la trilogie *Vernon Subutex*, récit d'un disquaire à la dérive dans les rues de Paris. Sur ce chemin, Despentes signe en 2016 *King Kong théorie*, dont les premiers mots claquent comme un manifeste : « J'écris de chez les moches, pour les moches, les vieilles, les camionneuses, les frigides, les mal-baisées, les imbaisables, les hystériques, les tarées, toutes les exclues du grand marché à la bonne meuf. » Coup de tonnerre dans la pensée féministe, essai à la première personne, témoignage intime de son propre viol, elle y dissèque la domination masculine et fait voler en éclats la distinction des genres. Pour enfin « tout foutre en l'air ».

Pour beaucoup d'entre nous, il y a eu un avant et un après *King Kong théorie*.

Et il y a, dans la révolution féministe qui est la nôtre aujourd'hui, un avant et un après Adèle Haenel. En novembre 2020, une enquête parue dans le journal en ligne *Mediapart* révèle le harcèlement sexuel dont a été victime la comédienne sous l'emprise d'un réalisateur, alors qu'elle était mineure. C'est la première voix du cinéma français à dénoncer frontalement une telle mécanique : « Comment est-ce que c'est possible que ça arrive ? Qu'est-ce qu'on a tous comme responsabilité collective pour que ça arrive ? » interroge-t-elle. Elle évoque le silence épais qui entoure les violences sexuelles et reconnaît à quel point « c'est nécessaire de parler ». Quelques mois plus tard, en pleine cérémonie des Césars, elle se lève brusquement mais avec assurance pour quitter la salle alors que Roman Polanski, accusé de plusieurs viols sur mineures, reçoit le César du meilleur réalisateur pour son film *J'accuse*. Récompenser cet homme, c'est « cracher au visage de toutes les victimes », pour Adèle Haenel. Le milieu du cinéma français n'a alors peut-être pas saisi l'ampleur du mouvement #MeToo, né aux États-Unis en 2017, au cœur de l'industrie hollywoodienne.

Ce départ de la cérémonie des Césars, la tête haute, et cette parole arrachée au silence de son adolescence sont nés aussi, chez Adèle Haenel, de la lecture de l'œuvre de Virginie Despentes. La rencontre entre les mots de l'écrivaine et la vie de l'actrice est limpide, vitale : c'est une pensée en acte.

Baise-moi et *King Kong théorie*

de Virginie Despentes

par Adèle Haenel

Comme le flux de l'amitié, comme le flux de l'amour, le rapport aux œuvres est un risque, le rapport aux phrases un engagement. Aimer un auteur, c'est se changer soi-même au contact de la convocation particulière de sa langue et de sa vision du monde. L'enjeu de la rencontre, selon moi, c'est de désaplatir le monde et de rendre audible ce qui disparaît, ce qui se nécrose derrière l'autorité des évidences construites. Insuffler des questions, créer de l'espace vivable et fracturer l'ordre établi du perceptible. Les livres sont des appels lancés depuis la surface de la communication vers les profondeurs de l'inexprimable. Répondre ou non à cet appel est quelque chose qui dépend de notre singularité sensible à un moment particulier. Il n'y a pas moyen de séparer le savoir des émotions, la connaissance des sensations, et il n'y a rien de plus désespérant que d'accumuler sans être bouleversée. On peut être touchée par une œuvre car on pressent qu'à son contact quelque chose de nous-mêmes vibre et nous fait signe et dans cette exploration, il faut se fier à ce qu'on ressent. Les livres sont des rencontres. Lire, c'est changer de soi, s'hybrider avec l'affluent de l'auteur, et éprouver le monde différemment. Les œuvres d'art créent leurs propres futurs, y compris au travers de nous. Certaines lectures peuvent changer la représentation qu'on a de sa vie et nous amener à en modifier le cours. En ce qui me concerne, les livres de Virginie Despentes appartiennent à cette catégorie. Je n'ai pas seulement lu Despentes, je suis devenue une femme qui a eu la chance d'être accompagnée par les mots de Despentes depuis la fin de son adolescence. Avec le temps s'est développé un autre langage, fait de la sédimentation de ce que ses mots ont un jour signifié pour moi : toutes les façons dont ses livres m'ont parlé, donné du temps, les façons dont ils m'ont accompagnée, aidée à traverser des périodes floues, des périodes de perte, violentes, aveugles. J'entretiens avec les mots de Virginie Despentes le rapport d'un arbre avec ses racines. Dans ce compagnonnage j'ai l'impression qu'on peut même parler de patience. La patience des livres. Il y a ce qu'elle a dit, d'où elle l'a dit, quand elle l'a dit, et la solitude dans laquelle j'étais quand je l'ai entendue. Aussi, si je ne pense pas être la mieux placée pour parler de l'œuvre de Despentes en général, je le suis pour dire ce que Despentes a fait à ma vie.

« Tu te sens obligée de parler le plus mal possible. »

Une des choses que j'aime énormément chez Despentes, c'est son amour de la vulgarité. C'est un art qu'on retrouve tout au long de son œuvre et qui trouve sa base théorique dans *Baise-moi*. Autant le dire tout de suite, la lecture de *Baise-moi* n'est pas *safe*, elle est excessive, violente et brutale. En le relisant pour écrire ce texte, j'en ai pleuré de rire, mais lorsque je l'ai découvert, vers 18 ans, c'était plus ou moins en même temps que je finissais *Harry Potter*, et je l'ai lu scrupuleusement. Ça ne me venait pas à l'esprit que ça puisse être drôle. Le livre s'est déversé dans ma tête et j'ai gardé le souvenir de sa brutalité et de sa rage. Cette provocation était suffisamment séduisante pour que j'aie envie de la revendiquer et Despentes est immédiatement devenue mon écrivaine préférée. J'avais la sensation qu'elle hurlait contre tout parce que ce monde était globalement gouverné par la mort et qu'elle voulait à tout prix défendre ce qui était encore en vie. C'était par amour pour la vie qu'elle écrivait toutes ces insultes et ces massacres. Au fond, elle disait des choses très douces, très belles et encourageantes, comme « je sais que tu souffres », « je ne t'abandonnerai jamais », « tu as raison d'être en colère ». *Baise-moi* a fait une irruption hirsute dans le paysage des mots qui m'entouraient, au milieu des phrases qui suivaient délicatement la logique de l'évitement et du silence. Car alors la décence exigeait que je ravale ma souffrance, que je prenne sur moi et que je parle d'autre chose. À cette époque, j'étais psychiquement attaquée et je ne parlais que pour dissimuler ma honte. J'accumulais les blagues et les succès pour remercier mes parents de bien vouloir ne pas me voir, de ne pas voir cette salissure que je trimballais, et ainsi leur mendier le droit de rester dans la famille. Despentes a ouvert une brèche dans mon futur en suggérant : on peut aussi arrêter de perdre notre temps à s'excuser et tout faire péter.

J'ai l'impression que, pour elle, l'écriture, au départ, c'était une façon arrogante de survivre, comme une arme de fortune trouvée sur le chemin. Si elle se sentait « obligée de parler le plus mal possible », c'est qu'elle sentait que, sous le savon, cette politesse sentait la mort. Comme un pressentiment de ce qu'écrit le poète suédois Tomas Tranströmer : « Le langage marche au pas avec les bourreaux, c'est pourquoi il nous faut inventer un autre langage. » J'ai admiré tout de suite qu'elle prenne sur elle de dire toute la violence et la colère dont je me sentais animée et que je n'osais pas dire. Dans un premier temps, ce que ses mots ont construit, c'est un abri temporaire face à la violence du monde, un espace nécessaire pour reprendre mes esprits. Elle jouait le rôle de la muraille. Quand tout me rendait – dans le monde d'avant la sororité – immobile, faible et isolée, elle recréait par sa rage et son humour un espace vivable.

« Je préférerais pas le savoir ce que je suis vraiment. »

Je pouvais m'identifier à la façon dont elle percevait le monde. Dans tous les livres qui ont précédé *King Kong théorie*, sa pensée n'est pas un flux paisible, constant et stable. Elle oscillait entre la clairvoyance et le désespoir, l'audace et la peur, la fluidité et le bégaiement. Au fil des livres, elle cherchait une issue à la tristesse. Les pensées qu'elle formulait me semblaient comme des touches de clarté, de courtes chaînes logiques, des victoires contre la brume. Ce processus de connaissance par le tâtonnement et l'expérimentation me semble nécessairement fait par moments de contradictions, d'égarements et de désespoirs. Elle cartographiait les croyances, les espoirs, les incompréhensions et les émotions à l'endroit du monde où elle se trouvait et parlait toujours depuis les aspérités d'une vie vécue. Son œuvre était un rapport sur la confusion et la difficile orientation de soi dans le monde. Ce n'est pas une connaissance qui s'acquiert proprement. Dans une vie dont les défenses ont été enfoncées, quand on a imprimé jusqu'au fond de soi le regard qui humilie, le geste qui détruit, l'amour de soi n'est pas une évidence. Parler de cette brume et depuis cette brume, c'est déjà rompre le silence dans lequel tout nous invite à nous replier. C'est prendre le risque de sortir de la place qui nous est attribuée et déjà comprendre, quelque part, que cette désorientation est un enfumage. Si on est désorientée c'est parce qu'on a été désorientée. Nos sensations de joie ou de tristesse sont les signes les plus clairs que nous ayons à notre disposition pour nous repérer dans le monde. Précariser – ou même détruire méticuleusement – le rapport qu'une personne entretient avec son ressenti est une manière efficace de la dominer. À plus grande échelle, faire en sorte qu'on ne soit plus en mesure de s'orienter par soi-même a donc de nombreuses utilités politiques et notamment celle de tétaniser dans la honte, de préparer l'esprit à la colonisation et d'occuper nos forces à cacher une faute qu'on n'a pas commise.

J'ai l'impression que c'est à partir de cette confusion, avec un corps et une pensée éparpillés, contradictoires et souvent incompréhensibles à elle-même, toute cette « merde intériorisée », que Virginie Despentes entreprend de se mettre à écrire. Au cœur de ce chaos sensible, il lui restait la possibilité de prendre sa propre fragmentation comme un indice et de remonter le fil des événements. Dans cette exploration à rebours et même si, comme elle l'écrit, « je préférerais pas le savoir ce que je suis vraiment », elle s'est toujours tenue à une pratique d'enquête : garder les yeux ouverts sur le présent des désirs de son corps, poser le plus sincèrement possible les termes des contradictions qu'elle traversait. Ce chemin de pensée est une pratique de soi coûteuse, qui expose à de nombreuses attaques. C'est difficile de se tenir seule face au monde, ça l'est encore plus quand par moments on se trouve soi-même indéfendable. Il est plus facile de ne pas se risquer à parler de son corps quand on parle de désir, de ne pas parler de ses fantasmes quand on théorise la sexualité. Plus confortable de s'abriter en réitérant le rapport hiérarchique savant/ignorant, de faire comme si on commentait le monde du dehors. Mais elle se tenait à cette éthique, celle d'écrire ce qui la traversait avec la plus grande sincérité possible. Je pense ici à *Bye bye Blondie*, aux *Chiennes savantes*, et plus globalement à tous les livres qu'elle a écrits entre *Baise-moi* et *King Kong théorie*. Car en 2006, *King Kong théorie* marque un tournant dans son statut et sa pensée. Je pense que devenir lesbienne a eu pour conséquence pratique de lui permettre d'arrêter de rendre des comptes quotidiennement aux hommes et par là même de dégager de l'énergie disponible, de réussir à rassembler les fragments épars de ses réflexions, et de s'autoriser à penser le patriarcat comme une structure.

« Le viol est un programme politique précis : squelette du capitalisme, il est la représentation crue et directe de l'exercice du pouvoir. Il désigne un dominant et organise les lois du jeu pour lui permettre d'exercer son pouvoir sans restriction. Voler, arracher, extorquer, imposer, que sa volonté s'exerce sans entraves et qu'il jouisse de sa brutalité, sans que la partie adverse puisse manifester de résistance. Jouissance de l'annulation de l'autre, de sa parole, de sa volonté, de son intégrité. Le viol, c'est la guerre civile, l'organisation politique par laquelle un sexe déclare à l'autre : je prends tous les droits sur toi, je te force à te sentir inférieure, coupable et dégradée. »

Au milieu des années 2000, quand j'étais au lycée, personne autour de moi n'avait l'idée de se revendiquer féministe. On se revendiquait altermondialiste, antiraciste, anticapitaliste, anarchiste mais pas féministe. C'était limite une insulte. On ne parlait pas entre filles, parce qu'on n'envisageait pas qu'on partageait une situation commune qui aurait mérité qu'on s'allie. On ne se confiait pas nos expériences et on croyait que les agressions sexuelles et les viols qu'on subissait étaient des faits isolés. Ensuite on ne voyait pas dans le continuum de la violence qui nous était imposée une trame politique. On n'avait pas de point de départ pour se mobiliser. C'est dans ce climat que *King Kong théorie* a été publié. Et c'était fracassant. Pour la première fois, juste après mon bac, je lisais un livre qui replaçait le viol dans un contexte politique, massif, pour la première fois je découvrais une pensée qui rassemblait les différents aspects de la violence qu'on subissait et leur donnait un sens commun. Virginie Despentes portait au jour le fonctionnement du patriarcat de manière nette et brutale et donnait à voir une logique du pouvoir où le capitalisme, le nationalisme et le sexisme s'articulaient. Par la clarté de ce qui est décrit et par la flamboyance de sa colère, *King Kong théorie* recèle une force de mobilisation incroyable. Ce manifeste nous permettait de redéfinir la notion d'alliés sur de nouvelles bases, et, comme beaucoup de femmes, c'est à partir de ce livre que j'ai commencé à me revendiquer féministe. Je crois que, bien que la vitalité des mouvements féministes en France aujourd'hui ait de nombreuses sources, l'une d'entre elles est la galvanisation collective qu'a produite ce texte.

Au début de l'année 2020, ma cartographie des alliances a été une nouvelle fois profondément bouleversée. La rencontre avec mes collègues et camarades Aïssa Maïga et Nadège Beausson-Diagne, ainsi que la lecture des livres d'Angela Davis, d'Audre Lorde et d'Elsa Dorlin, m'ont permis de comprendre comment, dans l'histoire, les mouvements féministes avaient été aux prises avec des dynamiques impérialistes et racistes. Grâce à ces rencontres, j'ai pris conscience de la mesure dans laquelle mon féminisme ignorait sa propre blanchité et les rapports inégalitaires qu'elle engendre, et comment, en cela, il contribuait à réitérer les termes du racisme. Au sein d'un mouvement dans lequel j'avais eu l'impression de lutter pour plus d'égalité, je ne m'apercevais pas que j'étais moi-même le relais d'une autre forme de silencialisation. Constater que j'étais prise dans les filets d'une perception raciste du monde était un choc, d'autant plus quand je revendiquais de me battre pour l'émancipation par ailleurs. Ce constat désagréable était néanmoins nécessaire afin de commencer à pratiquer la vie et l'engagement politique différemment. Comme l'écrit Audre Lorde :

« Pour provoquer un véritable effort révolutionnaire, nous ne devons jamais nous intéresser exclusivement aux situations d'oppression dont nous cherchons à nous libérer, nous devons nous concentrer sur cette partie de l'oppresseur enfouie au plus profond de chacune de nous et qui ne connaît que les tactiques des oppresseurs, les modes de relation des oppresseurs. »

Prendre conscience de l'ampleur du racisme lorsqu'on est féministe et blanche, ce n'est pas ajouter une cause majeure à son engagement. C'est comprendre différemment la structure des rapports de domination elle-même, et donc repenser stratégiquement les techniques de résistance qu'on lui oppose et les alliances qu'on forme. À une époque où la cause des femmes, sans cesse piétinée par le gouvernement, ne semble brandie par celui-ci qu'à des fins islamophobes, nationalistes et sexistes, ce repositionnement a une importance cruciale. Sans cela, une partie de l'énergie du féminisme se trouve dévoyée au service d'une société inégalitaire, renforçant et relégitimant tous les types de domination. En étant soi-même impliquée dans une dynamique d'oppression du côté oppressif, on comprend mieux que l'objectif n'est pas de tracer des cercles autour d'individus responsables qu'il faudrait exfiltrer, mais de changer les types d'individuation que propose la société. Cela implique de peser sur les rapports de pouvoir par la mobilisation politique, mais c'est aussi un travail artistique inévitable. Comme le dit Despentes, « les fictions dans lesquelles on vit sont des propagandes hyper fortes ». À mon sens, le rôle de l'art est de s'affranchir de ces propagandes, de secouer le réel en calcification et de proposer de nouveaux imaginaires avec lesquels nous pourrons inventer nos vies. Pour cela, l'artiste doit s'extirper de l'hypnose du constat et insérer une question là où il y avait auparavant une évidence, élargissant ainsi la voie à nos déplacements potentiels.

« Chaque fois que tu as le courage de faire ce qu'il te convient de faire, ta liberté me contamine, chaque fois que j'ai le courage de dire ce que j'ai à dire, ma liberté te contamine. Nous avons avalé cette histoire de frontière, cette fable du chacun pour soi, chacun chez soi, cette fable qui veut que les choses telles qu'on les connaît soient la seule réalité possible et qu'elle soit immuable, la fable selon laquelle la race humaine n'aurait qu'un seul destin collectif possible : l'exploitation impitoyable des uns par une élite, le pouvoir par la force et le malheur par tous. Toutes les propagandes me traversent et m'habitent et me gèrent. Je ne suis pas un territoire de pureté ni de radicalisme et je ne suis pas du bon côté de la barrière. Rien ne me sépare de la merde qui m'entoure. Rien, sauf le désir de croire que ce monde est une matière molle. Ce qui est vrai aujourd'hui peut avoir disparu demain. Et j'en ai marre de croire en des frontières qui ne me servent à rien, d'y adhérer comme si elles avaient été tracées par une main divine qui ne se trompe jamais alors qu'elles ont été gribouillées au hasard par des cons [...]. C'est la rage d'avoir raison qui nous lamine, la rage de tracer des frontières entre le domaine du bien et le domaine du n'importe quoi, la rage d'être du bon côté comme s'il existait quoi que ce soit dans ce capharnaüm qui soit une position juste, une position pure, une position idéale, une position définitive dont on ne bougerait plus, et alors ce sont les armes de l'ennemi que nous utilisons [...]. Alors cette révolution se transforme en un roulement des équipes dirigeantes. La même connerie mais avec d'autres qui en profitent. Et je ne dis pas que ça ne sert à rien, ce mouvement a quelque chose de sain. Sauf qu'il n'y a pas de rêve là-dedans. Aucun. Une révolution dans laquelle on ne met ni rêve ni joie alors il lui reste la destruction, la discipline et l'injustice. Et si on dit révolution, il faudra dire douceur. C'est-à-dire commencer par accepter d'être du côté d'une stratégie non productive, non efficace, non spectaculaire et que seule la ferveur permet d'embraser. [...] [C]ommencer à ressentir que nous sommes en position de force. Même si nous occupons moins de surface spectaculaire, nous sommes en position de force. Car nous faisons déjà l'expérience de vie différente dans des corps différents, qui ne nous font plus honte. Nous modifions nos vies, nous modifions les discours, nous modifions l'espace de notre seule présence et c'est la joie que nous en tirons qui fait de nous des corps collectifs révolutionnaires[1]. »

Il y a deux façons de parler : une qui rappelle à l'ordre et l'autre qui appelle au soulèvement. Partager ses émotions et ses pensées permet de mettre à jour les connaissances collectives et participe fondamentalement de la vitalité du corps social. Les phrases que Virginie Despentes écrit lui collent à la peau et elle connaît le prix de cette parole, qui sera toujours située et fragile quand on l'attend parfaite et imparable. Elle prend ses responsabilités et elle écrit. Pour cela, elle puise dans sa vie et sort de son cœur une matière qui lui coûte par son honnêteté et son émotivité. Elle en fait des phrases pour construire des barricades entre la morbidité du capitalisme et nous, entre la silencialisation et nous, entre la honte et nous. Il y a chez elle cette envie permanente de mettre le monde en mouvement et d'être débordée par la vitalité des corps et des pensées qui l'entourent. En écrivant, elle nous encourage moins à la suivre

1. Extrait de la lecture donnée par Virginie Despentes à Beaubourg, en octobre 2020.

qu'à la dépasser. Pour moi, c'est un grand geste d'amour car je crois qu'aimer quelqu'un veut dire essayer de rendre sa vie vivable de toutes ses forces et au-dessus de tout. Cela implique, et d'autant plus quand les vies ont été enfoncées et les estimes de soi piétinées, d'essayer de donner de l'espace, de la confiance et de la considération. Le pouvoir a besoin de la tristesse pour régner et fait la propagande de la fatalité, du borné, de l'interchangeable. Mais ce que chacun peut, maintenant et par la suite, est quelque chose d'irremplaçable et d'infini. Pour Virginie Despentes, faire de la politique, c'est participer à la floraison de ces infinis, car nous avons besoin d'être encouragées à nous atteler à cette tâche qu'est notre vie. Ou plutôt, nous avons besoin de désapprendre à ne pas le faire. Reprendre possession de notre temps et de nos forces. Reprendre aussi confiance en ce que nous sentons. Quand j'ai rencontré les livres de Despentes, je sortais d'une adolescence où, pour survivre, j'avais appris à disparaître. J'étais égarée, désorientée, pas certaine d'avoir le droit de vivre. Son écriture a été alors une bouée de sauvetage et je lui dois de m'avoir rendu la vie vivable quand j'avais envie de mourir, d'avoir été vulgaire quand je m'efforçais d'être délicate, et violente quand je me sentais illégitime, d'avoir hurlé quand je n'arrivais plus ni à bouger ni à penser. Aujourd'hui, je la vois continuer à penser le monde pour le présent, à se laisser traverser, dépasser. Son acharnement évoque pour moi cette phrase de Véronique Sanson qui sonne comme un programme politique, « l'irréparable c'est aimer, c'est donner une partie de sa vie », et il donne, je crois, un sens à la sororité : au-delà des familles et à côté des réseaux de pouvoir, abriter, faire circuler la chaleur et l'amour pour nous soutenir les unes les autres jusqu'au seuil de notre solitude, le point à partir duquel on doit avancer seule et commencer quelque chose, qui à son tour, viendra ouvrir le futur du monde.

Il faut les voir, les actrices Adèle Haenel et Nadège Beausson-Diagne, leur complicité, par exemple, sur le plateau de Mediapart, dans l'émission *À l'air libre*, à la fin du mois de novembre 2020, après une manifestation organisée contre la loi « sécurité globale ». Quelques mois plus tôt, elles étaient auprès de la militante Assa Traoré au rassemblement organisé place de la République, à Paris, après la mort de George Floyd, pour rendre justice à Adama Traoré et aux victimes de violences policières. Leur colère fait du bien. Elle électrise. Elle a la noblesse d'un corps redressé et la fragilité d'une voix qui se cherche. Une colère vivante dont l'écho contamine nos propres corps.

Une colère devenue puissance politique car, « dirigée avec précision, la colère peut devenir une puissante source d'énergie au service du progrès et du changement », nous chuchote à l'oreille l'écrivaine américaine Audre Lorde.

Nous sommes dans les années 1940. Une petite fille est dans le métro new-yorkais, sur la ligne AA en direction de Harlem. C'est l'hiver, les bras de sa mère croulent sous les courses de Noël. Elle se faufile et s'assoit sur un siège entre un homme qui lit le journal et une femme, toque de fourrure sur la tête, qui la dévisage. De sa main gantée, elle tire son manteau pour éviter qu'il ne touche la tenue de la petite fille. Cette dernière ne comprend pas la brusquerie de ce geste : y a-t-il un cafard ou quelque chose de vraiment dégoûtant, sur le siège, entre leurs deux corps ? Non, rien. Mais l'enfant aperçoit sur le visage de sa voisine quelque chose qu'elle n'oubliera jamais. « Ses yeux. Ses narines dilatées. La haine. » Ce serait elle, la petite fille noire, le cafard ? Elle, le corps qu'il faut voir disparaître dans cette rame de métro ?

Cette enfant, c'est Audre Lorde, l'essayiste et poétesse américaine qui ne cessera de se définir bien plus tard comme « femme », « lesbienne » et « poète guerrière noire ». La violence d'un tel souvenir et son impuissance d'alors à analyser le regard raciste qu'on lui jette au visage hantent ses textes, comme son *Sister Outsider, essais et propos sur la poésie, l'érotisme, le racisme, le sexisme,* traduit enfin en France en 2003. Fragments d'idées, analyses conceptuelles, fulgurances poétiques, entretien se côtoient et dessinent la pensée de cette «survivante». Car «nous n'étions pas faites pour survivre. Pas en tant qu'êtres humains», déclare-t-elle: la voilà survivante du racisme et de la haine de soi qu'il procure, du patriarcat, de l'homophobie. Sous sa plume et dans sa vie, ces expériences politiques, auxquelles elle ajoute la domination capitaliste, convergent, posant ainsi les jalons de ce que l'on appellera, plus tard, l'intersectionnalité. Les oppressions s'articulent et doivent se penser ensemble. Avec une obsession en véritable fil rouge: «transformer le silence en paroles et en actes». Ce silence qui traverse les corps et les visages, ce silence qui tue, elle l'invoque sans relâche dans *Sister Outsider.* Pour mieux l'exorciser: «Quelles sont les tyrannies que vous avalez jour après jour et que vous essayez de faire vôtres jusqu'à vous en rendre malade et à en crever, en silence encore?»

Dans les mots d'Audre Lorde, Nadège Beausson-Diagne a trouvé une alliance, une force, une puissance. Auprès d'autres actrices noires et métisses et à l'initiative d'Aïssa Maïga, elle témoigne en 2018 dans le livre *Noire n'est pas mon métier* du racisme et du sexisme qui gangrènent certains tournages pour le cinéma ou la télévision. Puis, à son tour, dans le sillon creusé par le mouvement #MeToo, elle crée #MemePasPeur et elle dénonce les violences sexuelles dont elle a été victime enfant et encore adulte. Et parce que l'intime est fondamentalement politique, elle décide de prendre la parole.

«Une partie de ma colère est toujours une offrande à mes sœurs qui sont tombées», dit la puissante Audre Lorde. Grâce à la littérature et grâce aux mots offerts par l'écrivaine, l'actrice Nadège Beausson-Diagne est elle aussi, aujourd'hui, «une survivante», une femme qui abolit les silences.

Sister Outsider

d'Audre Lorde
par Nadège Beausson-Diagne

Mes parents se sont rencontrés à Paris en 1971, lors d'une manifestation de soutien à Angela Davis incarcérée. Ma mère, magnifique métisse; mère bretonne des Côtes-d'Armor, père ivoirien. Mon père photographe sénégalais. Ma mère et ma grand-mère, femmes engagées, militantes de la première heure contre le racisme, le sexisme et pour les droits humains étaient de toutes les manifestations. Coupe afro impeccable, Mamoune était le portrait troublant d'Angela Davis. Appareil photo dégainé, mon père voulait témoigner en noir et blanc de cette marée humaine impliquée. Au détour d'un regard, dans son objectif mais surtout dans son cœur, le visage de ma mère, surexposé à celui d'Angela Davis, lui est apparu. Il lui a demandé de poser. Mon histoire était là, en mouvement, dans ce coup de foudre sous l'égide de la lutte.

Ma mère voulait m'appeler Angela.
Pour Angela Davis.
Bien sûr.
Angela Beausson.
Diagne, mon père, son nom, son histoire, lui, peu d'info.
Jamais vu.
Famille matriarcale.
Actrice, plus tard, j'ai fait ma résilience patronymique pour terminer mon puzzle familial.
Beausson-Diagne.
Dorénavant sur mes papiers d'identité.
Mon identité reconstituée.

Angela Beausson.
Ma mère trouvait que ça ne sonnait pas bien finalement.
Nadège Beausson.
Nadège, prénom de sa poupée de petite fille.
Et de la femme de Lénine…
Je suis chargée de ça.
De la lutte et de l'amour.
De l'amour de la lutte.

Nadège Lucie Angela.

C'est moi.

Ma mère et ma grand-mère m'ont dès l'enfance donné des clefs de compréhension du monde dans lequel j'allais grandir.

Petite fille Noire.

Ma mère me racontait l'école ; les enfants de la cour de récréation l'encerclaient en vociférant : « On va aller chercher la Négresse à plateaux ! On va aller chercher la Négresse à plateaux ! »

C'était à Paris 14e, dans les années 60.

Ma grand-mère lui expliquait le racisme, que les enfants répètent ce qu'ils entendent chez eux. Que ma mère était belle, qu'elle avait de la valeur.

Quand ma grand-mère blanche venait me chercher à l'école, petite, le lendemain, les enfants m'encerclaient en criant : « Sale Noire, tu as été trouvée dans une poubelle ! C'est pas ta grand-mère, sale menteuse qui pue ! T'es Noire comme de la merde ! La noiraude ! »

C'était à Bonneuil-sur-Marne, Val-de-Marne, dans les années 80.

Ma grand-mère m'expliquait le racisme, que les enfants répètent ce qu'ils entendent chez eux. Que j'étais belle, que j'avais de la valeur.

Quand, dans la cour de récréation, ma mère demandait de l'aide aux institutrices et instituteurs qui lui disaient de se débrouiller seule, une colère grandissait dans son cœur, la douleur devenait sa meilleure amie, une amie gluante et tristement fidèle, c'était les années 60…

Quand, dans la cour de récréation, je demandais de l'aide aux instituteurs et institutrices qui me disaient de me débrouiller seule, une colère grandissait dans mon cœur, la douleur devenait ma meilleure amie, une amie gluante et tristement fidèle, c'était les années 80…

Ma colère et celle de ma mère.

Ma douleur et celle de ma mère.

Toutes les douleurs et les colères de ma grand-mère.

En moi.

Les douleurs du passé à dépasser…

Faire virevolter au vent un chemin des possibles à inventer.

Une endurance de mise comme un adagio en *fa* majeur.

Aller chercher au fond de moi ce que la société patriarcale blanche majoritairement me refusait : Être Moi.

En entier.

Avec mes failles.

Avec ma très grande force.

Mon instinct de survie hors norme en résonance dans le cœur.

Malgré les discussions politiques et intimes sur le racisme, avec ma mère et ma grand-mère, comme petite fille, adolescente puis femme, j'ai dû développer des trésors d'ingéniosité pour ne pas sombrer dans une réelle dépression.

Stigmatisation, violence au quotidien. Je ne comprenais pas cette boule qui brûlait mon être. Une énergie qui détruisait la petite fille pleine d'espoir qui se rêvait actrice, chanteuse, danseuse, autrice. Je ne pouvais réussir à sortir de ma douleur première, pour mettre en exergue l'incapacité de dire.

Ne pas dire. Jamais. Qui pouvait comprendre que je partais à l'école primaire, chaque matin, en anticipant les coups de poing de mes camarades de classe dans le ventre, leurs « sale Noire » pour me saluer ? Qu'en les anticipant je les avais banalisés ? Je ne disais plus rien à ma mère. Ni à ma grand-mère, qui venait nous chercher mes frères et moi, avec notre goûter qui, malgré les arômes de chausson aux pommes, avait le dégoût de poingt sans chocolat. Je m'étais douloureusement habituée.

J'avais intégré que j'étais une sale Noire, que mon apparence dérangeait.

Que je gênais.

En tant que Noire.

En tant que Petite fille Noire.
En tant que Moi.

Adolescente, j'ai dévoré Angela Davis, son autobiographie notamment. Puissante. Adulte, j'ai découvert des essayistes, autrices, des philosophes, des activistes, des universitaires exceptionnelles et exceptionnels ; Toni Morrison, bell hooks, Zora Neale Hurston, Sojourner Truth, Hubertine Auclert, Miriam Makeba, Nina Simone, Patricia Hill Collins, Chimamanda Ngozi Adichie, Monique Wittig, Françoise Vergès, Virginie Despentes, Rokhaya Diallo, Alice Coffin, Elsa Dorlin, Éric Fassin, Paul B. Preciado…

Ces lectures m'ont construite, soulagée, éclairée.
Je me suis engagée contre le racisme, le sexisme, les violences sexuelles.
Au cours de mon engagement militant, j'ai rencontré des camarades chères et chers à mon cœur.
Des âmes qui ont recyclé mon isolement colérique pour en faire une arme de libération.
De révolution.

Paul B. Preciado, philosophe et écrivain, qui a été l'élève d'Angela Davis d'ailleurs, au cours d'un de nos formidables échanges, m'a mise sur le chemin de mon coup de foudre intellectuel.

AUDRE LORDE
SISTER OUTSIDER

« Parfois, j'ai l'impression que si je devais ressentir dans sa globalité toute la haine que, femme Noire, j'ai reçue en pleine figure, si je devais accepter en pleine conscience ce qu'elle signifie vraiment, je mourrais sous cet horrible et lugubre fardeau. » Audre Lorde

Lire les mots d'Audre Lorde, c'est entrer en collision directe avec ma douleur de petite fille.

L'apaiser.

Enfin.

À bientôt 49 ans.

Audre Lorde nous invite à laisser partir au vent cette haine de nous liée au racisme subi depuis l'enfance. Bien avant. Dans l'histoire de nos parents et grands-parents.

Je ne peux oublier les larmes qui ont inondé mon visage à la première lecture de *Sister Outsider*.

Des larmes salvatrices.

Je ne suis pas folle.

Audre Lorde me connaît.

Comme une expérience commune qui répare.

Une expérience commune qui m'accompagne, au quotidien, dans le délicat et constant chemin de libération de mon moi profond.

De libération, d'envie de construire ensemble.

Cette France que j'aime tant.

Cette France métissée.

Douce France, cher pays de mon enfance, je veux te garder sans rancœur.

Femmes, Noires, Métisses, Blanches, Maghrébines, Asiatiques, Indiennes, Caribéennes.

Ensemble.

Femmes et Hommes.

Ensemble.

Tous les corps.

Toutes les sexualités.

Toutes les identités.

Ensemble.

Réfléchir aux structures du racisme, du sexisme.

À la spécificité de ces deux discriminations.

De ces deux expériences de vie.

En France aujourd'hui.

Audre Lorde écrit *Sister Outsider* aux États-Unis dans les années 80, mais avec une telle résonance. Il n'y a qu'une grande malhonnêteté intellectuelle à ne pas entendre combien, malheureusement, ses mots rebondissent sur le souffle de notre société française.

Encore aujourd'hui.

Aujourd'hui encore.

Les polémiques actuelles sur la notion d'intersectionnalité confirment la force de la voix d'Audre Lorde, son anticipation des crispations réelles.

Audre Lorde, poétesse, essayiste, activiste, Noire, Lesbienne.

Noire Américaine.

Son travail en prose, comme en vers, donne un élan formidable de compréhension du Monde.

Expose à cœur ouvert ses interrogations, ses traumas pour nous relever.

Par son prisme de femme noire, elle fait résonner sororité, féminisme, racisme, sexisme, lesbophobie, haine et dégoût de soi à combattre.

Audre Lorde nous oblige à inventer une sororité réelle et à apprendre l'écoute de l'Autre.

Pas se mettre à la place de...

Écouter, juste à côté.

La délicatesse et la finesse de son travail nous invitent à prendre le temps.

Le temps de l'Autre.

L'Autre.

Audre Lorde nous invite à nous écouter.

Vraiment.

Dans nos chairs.

Dans les douleurs du passé de nos mères, de nos grands-mères, de nos arrière-grands-mères, de nos pères, de nos grands-pères, de nos arrière-grands-pères, de nos maris, de nos frères, de nos femmes, de nos sœurs, de nos enfants...

Trouver le chemin de la douceur pour nous-mêmes.

« Nous pourrons nous voir les unes les autres quand nous commencerons à nous voir nous-mêmes ; nous nous verrons nous-mêmes quand nous nous verrons les unes les autres, sans se pousser en avant, sans se mépriser, sans récriminations, mais avec patience et compréhension quand nous n'y arrivons pas complètement, avec reconnaissance et valorisation quand nous y arrivons. Nous materner signifie apprendre à aimer ce que nous avons créé en lui donnant une identité, apprendre à être à la fois exigeantes et tendres devant le succès et l'échec, en faisant bien attention de ne pas prendre l'un pour l'autre. »

Audre Lorde explore les antagonismes liés aux différentes spécificités de nos vies de Femmes Noires et de Femmes Blanches.

Elle nous invite à trouver des alliées.

« Nous pourrons nous voir les unes les autres quand nous commencerons à nous voir nous-mêmes ; nous nous verrons nous-mêmes quand nous nous verrons les unes les autres. »

J'ai la grande chance d'avoir des alliées formidables dans ma vie de femme, d'artiste, de militante.

Des alliées à l'écoute de mes douleurs du moment, quand aujourd'hui encore, en 2021, je dois lutter contre un racisme primaire, qui n'a rien d'ordinaire. Dans mon métier. Dans ma vie. Cette charge raciale qui, dans un premier temps, m'oblige à prendre sur moi, à ne pas m'énerver, puis à éduquer, à ne pas être affectée. Quand mon corps de femme noire est invisibilisé par certains médias, je dois réussir à ne pas être épuisée, parce que le système de pensée actuel perpétue les inégalités. Encore trop souvent. Mes alliées, beurre de karité sur la plaie à vif de notre société.

Les mots d'Audre Lorde, non seulement dans *Sister Outsider* mais dans l'intégralité de son travail, ont investi mon âme d'une énergie nouvelle. Je fais un travail thérapeutique depuis des années, pour déposer mes drames. Je travaille avec ma thérapeute sur ma charge mentale et sur la spécificité de ma charge raciale. J'ai découvert, avec Audre Lorde, combien l'impact du racisme au quotidien sur notre psychisme était violent, combien il est essentiel de prendre en compte la réalité des traumatismes qui en découlent.

Je me suis autorisée à en parler.

Je me suis autorisée à déposer les violences racistes hors de mon âme, hors de mon corps.

Je me suis autorisée à ne plus les banaliser, ni les tolérer.

Je me suis autorisée à les combattre.

Tout le temps.

Avec ses mots en moi notamment.

« Nous avons au moins retenu une chose de notre histoire, c'est qu'on ne peut se contenter d'actions en faveur du changement qui s'attaquent seulement aux facteurs extérieurs de notre oppression. Nous devons reconnaître le désespoir que l'oppression distille en nous : cette petite voix omniprésente qui murmure que nos efforts sont vains, que rien ne changera jamais, alors pourquoi se démener ? Acceptons les choses telles qu'elles sont. Nous devons combattre ce virus de l'autodestruction qui vit en nous et qui distille son poison. Mais nous pouvons mettre le doigt sur ce dégoût enterré au plus profond de nous, et comprendre qu'il nous pousse à mépriser, et affaiblir sa puissance par la connaissance des liens authentiques qui nous lient, en nous tendant les mains par-delà nos différences. »

La Sororité n'a jamais été un vain mot pour moi. Les femmes sont des moteurs au quotidien. J'ai grandi avec l'amitié des femmes. Elles sont ma famille.

Ma déclaration...

Je vous aime ; Fatima Aïn-Seba, Huguette Malamba, France Zobda, Aïssa Maïga, Adèle Haenel, Céline Sciamma, Nadège Loiseau, Alimatou Konaré...

Des sœurs d'une autre mère.

Sororité...

Audre Lorde a conforté son importance. Son travail a été essentiel pour le féminisme. Elle interroge d'ailleurs la notion même de femme. La spécificité de l'expérience de femme Noire, la force du lien essentiel à trouver entre Femmes Blanches et Femmes Noires. La grande nécessité du travail d'introspection. Je suis Féministe, je ne critiquerai jamais une autre Femme.

« Recréons-nous cette mise en croix de chacune, la décision d'éviter, la cruauté, les jugements parce qu'on ne nous a pas permis d'avoir des déesses Noires, des héroïnes noires, parce qu'on ne nous a pas permis de nous voir, nous, et nos mères, dans notre splendeur, jusqu'à ce que cette splendeur devienne partie intégrante de notre sang et de nos os ? Un des rôles de la haine est bien sûr de déformer cette beauté en nous qui est notre puissance. J'ai faim de femmes Noires qui ne se détournent pas de moi avec colère et mépris avant même de me connaître ou d'entendre ce que j'ai à dire. J'ai faim de femmes Noires qui ne se détournent pas de moi si elles ne sont pas d'accord avec ce que je dis. »

Je me suis souvent tue.

D'abord enfant victime de pédocriminalité, j'ai englouti la culpabilité.

« Nous devons reconnaître le désespoir que l'oppression distille en nous : cette petite voix omniprésente qui murmure que nos efforts sont vains, que rien ne changera jamais, alors pourquoi se démener ? »

La douleur de ce qui était infligé à mon petit corps ne pouvait être que de ma faute.

Je n'ai pas parlé.

J'ai respecté les mots de mon agresseur : « Si tu parles, je tue tes frères et ta mère. »

Je n'ai pas parlé parce que j'étais déjà morte.

Hors de mon corps.

Loin de mon cœur.

Je me suis déconstruite.

En silence.

Consciencieusement.

Méticuleusement.

Tout était bien ordonné dans la construction du désordre.

Mes pores avaient articulé ma désarticulation.

En silence.

Toujours.

Je voulais disparaître.

Pas mourir.

Ne plus Être.

Le silence me protégeait.

Je le croyais.

J'ai, comme de nombreuses victimes de violences sexuelles dans l'enfance, été à nouveau agressée. De nombreuses fois. Sur des tournages. Dans la vie. Mon corps était devenu celui d'un Autre, celui des Autres. Ma douleur à toute heure. Mon silence en protection.

Et #MeToo est arrivé...

Petit animal blessé, à chaque parole libérée des images qui revenaient gifler mon Être.

La douleur des agressions.

J'avais 9 ans et toute une vie.

Mille ans et mes envies.

De parler.

Enfin.
Soutenue par cette Sororité mondiale qui écoute.
Faire de mon récit de l'intime un récit politique.
Je suis à l'initiative du #MeToo dans le cinéma africain.
J'ai parlé parce que j'ai pu.
Mon corps est une révolution.

Je suis une Femme, Noire, Artiste, victime de violences sexuelles, de racisme et de sexisme. Je parle pour que la société réalise ce qu'elle produit. Aucune fatalité contre cette domination et oppression patriarcale de nos corps. Merci Audre Lorde qui dans mes moments de doute insuffle au plus près de mon expression une parole révolutionnaire de libération !

« Les femmes qui m'ont soutenue pendant cette période étaient noires et blanches ; vieilles et jeunes, lesbiennes, bisexuelles et hétérosexuelles, et nous avons toutes pris part à cette guerre contre les tyrannies du silence [...]. Et bien sûr, j'ai peur, car transformer le silence en paroles et en actions est un acte de révélation de soi, et cet acte semble toujours plein de dangers. [...] La raison du silence, ce sont nos propres peurs, peurs derrière lesquelles chacune d'entre nous se cache – peur du mépris, de la censure, d'un jugement quelconque, ou encore peur d'être repérée, peur du défi, de l'anéantissement. Mais par-dessus tout, je crois, nous craignions la visibilité, cette visibilité sans laquelle nous ne pouvons pas vivre pleinement. »

Aujourd'hui, en reprenant les mots d'Audre Lorde prononcés lors d'une table ronde à Chicago, « Lesbiennes et recherche littéraire », je réalise à quel point sa pratique militante de la parole publique était incroyable. Ses mots soignent mes maux. Nos maux sociétaux.

Au-delà de la beauté unique de sa poésie, au-delà de la force de son engagement, cette rencontre a changé ma vie. Audre Lorde, comme une nouvelle femme de ma famille, m'a permis de soutenir mon envie de dire. De ne plus être cette enfant de 9 ans qui ne pouvait parler. Avec l'enseignement militant de ma grand-mère et de ma mère, Audre Lorde a ressuscité une force de guerrière qui était là.

Je ne me tairai plus jamais.

Je ne suis pas les viols dont j'ai été victime.
Je ne suis pas le racisme dont j'ai été victime.
Je ne suis pas le sexisme dont j'ai été victime.

Audre Lorde m'a appris l'indispensable.

Je veux, comme une transmission ultime, pouvoir dire aux nouvelles générations que leurs rêves sont accessibles. Qu'un souffle chaud englobe leur avenir.

Merci Audre Lorde…

Je suis chargée de vos mots.

Je suis plus forte au quotidien de vos mots.

Poumon supplémentaire dans l'asphyxie de ma vie, par moments.

Rendre hommage à la décence.

« Personne n'est libre tant que d'autres personnes sont opprimées. Brisons le silence. »

Merci Audre Lorde pour

Celle que j'étais…

Celle que je suis…

Celle que je deviens…

Voici l'histoire d'Adé, une petite fille moquée par ses amis à cause de ses cheveux. Ils sont différents. Trop foncés et trop crépus. « Noirs comme du charbon et secs comme du sable. » Quand elle rentre chez elle, elle demande à sa mère de lui défaire ses nattes. Sa belle chevelure, elle ne l'aime plus. C'est le début de *Comme un million de papillons noirs*, un album jeunesse signé par la militante afroféministe et écrivaine Laura Nsafou, connue sous le nom de Mrs Roots avec lequel elle signe son blog commencé en 2014. Dans ses pages, elle partage ses réflexions littéraires et intersectionnelles.

Nadège Beausson-Diagne, dans sa cour de récréation, aurait peut-être bien aimé la rencontrer, cette Adé, personnage imaginaire qui ne s'aime plus. Ouvrir un livre et tomber sur une petite fille qui lui ressemble. Se sentir moins seule dans l'immensité du monde avec ses peurs au creux du ventre. Dans l'album, Adé reprend peu à peu soin de ses cheveux grâce à sa mère, car elle lui a promis que des papillons sortiraient bientôt de sa chevelure... De jeunes lectrices de *Comme un million de papillons noirs* ont raconté à son autrice s'être réconciliées avec leurs nattes ou leur coupe afro grâce au récit d'Adé. Si Laura Nsafou signe cet album en 2017, elle a commencé à écrire des histoires dès l'âge de 8 ou 9 ans parce que dans aucun livre elle ne pouvait se voir, se lire, se comprendre. Dans ses lectures de jeunesse, les personnages noirs étaient le plus souvent absents ou figurants, dessinés grossièrement. Comme les personnages asiatiques croqués avec des yeux très tirés, à l'air fourbe et à la peau toute jaune.

Nous avons besoin de nouveaux récits, de nouveaux personnages féminins, de nouveaux personnages racisés. Et cette révolution des imaginaires est aujourd'hui en marche.

Dans sa bibliothèque, Laura Nsafou a choisi le titre *Et ma langue se mit à danser*, un premier roman écrit en 2017 par l'écrivaine Ysiaka Anam. Il y est question de langue perdue, oubliée : une petite fille quitte son pays d'Afrique de l'Ouest, prend la route de l'exil et grandit sans la mémoire des mots de son enfance. Devenue jeune femme, elle a honte de ses silences, de ses vides. Elle se sent comme boiteuse. Elle vacille. Comment quitter le cocon encombrant du silence pour retrouver les fils de cette langue morte ? Grâce à l'écriture. Alors une part d'elle-même pourra enfin s'entendre, être entendue. Il y a des échos bien sûr entre le chemin de la narratrice et celui de l'autrice de ce premier roman, Ysiaka Anam : elles partagent cette même honte d'une langue maternelle perdue, en berne, mais qui un jour se remet à danser.

En découvrant Ysiaka Anam, grâce à Laura Nsafou, on pense à l'essai de la militante afroféministe américaine bell hooks, *Apprendre à transgresser*. Dans un chapitre, elle raconte comment dans l'histoire les esclaves ont dû oublier leur propre langue pour apprendre l'anglais. « Je sais que ce n'est pas la langue anglaise qui me blesse, mais ce que les oppresseurs en font, comment ils la façonnent pour qu'elle devienne un territoire qui limite et définit, comment ils en font une arme qui couvre de honte, qui humilie, qui colonise. » L'autrice explique alors que la langue peut devenir « un lieu de résistance » quand on se l'approprie, quand on la réinvente. La littérature est le lieu de ces possibles, où la langue s'ébauche, se tord, se crée pour donner à entendre de nouvelles fictions.

Et ma langue se mit à danser

d'Ysiaka Anam

par Laura Nsafou

« Tellement de difficultés pour partager une langue commune avec mes Noires-Sœurs, que pas un mot n'a pu être dit sur cet intime. »

Telle est l'une des premières phrases du roman poétique d'Ysiaka Anam *Et ma langue se mit à danser* ; une phrase qui résume à elle seule la complexité des femmes afro-descendantes dont le cœur des expériences commence souvent avec le verbe. En effet, c'est dans l'absence d'un mot-parapluie, capable de recouvrir l'intersection entre notre couleur de peau, notre genre et notre classe, et la particularité des expériences produites par leur corrélation, que beaucoup d'entre nous, femmes afro-descendantes, avons découvert le mot « afroféminisme ». Qui dit absence dit aussi recherche plus ou moins consciente, parfois plus manifestée par un malaise autour de notre identité. Des thèmes que reprend l'autrice Ysiaka Anam à travers le journal de son personnage, Z., une jeune femme noire française, née dans un pays d'Afrique de l'Ouest qui n'est pas cité, et qui se débat entre le *silence* et le *dire* : le silence sur les discriminations qu'elle subit à l'école et qu'elle n'a pas osé rapporter, le silence qui s'infiltre avec la perte de la maîtrise de sa langue maternelle, mais aussi le silence de ses parents sur leur parcours migratoire et leur expérience de personnes immigrées. Le dire porte sur cet entre-deux, sa recherche d'elle-même et l'incapacité à recevoir un héritage clair de la part de ses ancêtres pour apaiser ses hontes, et son inconfort en France, ce pays qui la stigmatise.

L'ouvrage d'Ysiaka Anam rappelle ainsi que la langue est le premier champ d'exercice des dominations et des résistances, particulièrement pour les luttes des femmes afrodescendantes. Parler d'afroféminisme, c'est souvent devoir répondre à un contre-discours délégitimant la nécessité de ce mouvement. L'afroféminisme est souvent défini par ses détracteur·ices comme une duplication ou une importation du *Black feminism* américain ; une réponse politique au féminisme blanc et bourgeois *mainstream* ; une rupture politique avec les militants afro-descendants du fait qu'ils soient des hommes, ou encore le seul courant auquel s'identifieraient les femmes noires et métisses… Or, n'est-ce pas une bataille du *dire* quand on doit (ré)affirmer que nos vies dans ce monde n'existent pas *par rapport à* quelque chose ou quelqu'un, mais simplement parce qu'elles sont ?

La nécessité de mobilisations féministes noires comme l'afroféminisme découle de nos choix de nous organiser face aux diverses violences que nous subissons, mais également pour envisager un espace et un temps où nous sommes le centre. Être le centre, c'est se soustraire à un dialogue dominant. C'est choisir de ne pas en faire un point de référence, un destinataire constant de toutes nos actions et de toutes nos paroles. C'est se penser en vue d'un monde où ces mêmes systèmes de domination seraient abolis. D'une certaine manière, c'est ne plus répondre mais parler à soi-même, une décision qui prend tout son sens avec le personnage de Z. et sa longue introspection, mais aussi avec le parcours de son autrice. Dans un entretien[1], Ysiaka Anam explique :

« Ce texte, où est évoquée l'expérience de cette couleur qui colle à la peau, a du coup mûri dans un cheminement

1. Donné à la *Revue européenne de psychologie et de droit*.

très individuel, très solitaire. La solitude élaborative fut longue, et donc laborieuse ! Je n'avais jamais pu partager avec d'autres sur ces questions. C'est seulement à l'automne dernier, après l'écriture de ce livre, que ma curiosité et un reportage entendu par "hasard" à la radio m'ont amenée à découvrir que d'autres femmes, noires, écrivent sur ces thèmes, parlent de cette expérience spécifique, et même partagent dessus entre elles. À partir de là, je me suis pas mal intéressée au mouvement afroféministe. J'ai été assez étonnée et exaltée de trouver tant de choses communes dans la production de ces femmes, écrivaines, vidéastes, blogueuses, militantes, anonymes, etc. Ça a été un vrai bol d'air de voir que les choses que j'aborde dans ce texte, et que j'ai moi-même longtemps ressenties, sont partagées par d'autres. Qu'il y a beaucoup de choses communes dans cette expérience d'être femme, et noire, en France, malgré bien sûr la spécificité de l'histoire de chacune. »

On comprend à travers le témoignage d'Anam que la rencontre avec les « Noires-Sœurs » n'aurait pas été possible sans cette analyse de l'expérience individuelle d'une femme afro-descendante dans un contexte européen et, surtout, sans la nommer et la décrire. Peut-être est-ce pour cela qu'Audre Lorde, féministe afro-américaine lesbienne, débute son texte *Transformer le silence en paroles et en actes* par :

« Je suis de plus en plus convaincue que ce qui est essentiel pour moi doit être mis en mots, énoncé et partagé, et ce même au risque que ce soit éreinté par la critique et incompris. Parce que parler m'est bénéfique d'abord et avant tout. »

Et quand la nécessité de se dire pour ne plus être racontée par l'Autre, de se comprendre avant d'être comprise, d'être actrice de sa propre histoire pour ne plus être le sujet de la grande histoire est actée, vient ensuite la question de la transmission. Dans quelle langue puis-je être comprise de ces mêmes sœurs noires ? Laquelle me permet de transmettre ? Celle du Colon ? Du Colonisé ? Ou y a-t-il une langue commune à retrouver, faire naître et construire ? Ce dilemme si propre aux auteurs francophones originaires de pays ex-colonisés va au-delà du choix littéraire et politique de transmettre un texte : il se pose à la fois dans l'analyse des identités de personnes afro-descendantes occidentales – qui grandissent entre la langue (transmise ou perdue) de leurs parents, et celle apprise durant leur enfance en Occident ; et dans l'analyse du genre, dont la langue française conserve le masculin pour référent. Est-ce donc, au cœur de ces contraintes, qu'existerait une langue commune aux femmes noires ? Une langue capable de rassembler et de faire écho à leurs similitudes et à leurs différences ? En somme, c'est un idéal afroféministe qui est proposé en filigrane dans le propos du roman d'Ysiaka Anam, mais aussi dans sa forme.

Dans *Et ma langue se mit à danser*, on trouve trois types de textes : l'expérience de Z. est confiée sous la forme de prose, presque proche du journal, et certains passages sont parfois des poèmes, comme celui-ci sur la résilience :

« L'armure s'est amalgamée à la chair, y a fusionné. Pour tenter de les séparer, il faudrait arracher des bouts de peau.

Trop violent.
Ça s'est emmêlé.
Je m'y suis emmêlée.
Les pieds.
La tête.
Tout le corps. »

Le roman comprend également trois contes initiatiques, autour du personnage de Nama.

« À une époque lointaine, une femme qu'on appelait Nama avait décidé, un jour d'automne, de partir à la recherche de la langue de son enfant. »

Pour la critique littéraire Aminata Aidara, la polymorphie de ce roman est une tentative pour Z. de « dompter une colère plus historique, que familiale », colère qui n'est pas sans rappeler celle des militantes afroféministes. Leur engagement est un trait d'union entre les colères d'aujourd'hui et d'hier, d'une part dans la réappropriation de l'histoire militante de leurs aînées, effacée historiquement au profit d'une histoire féministe universaliste, et d'autre part dans la revendication de leur lutte au sein des systèmes de domination d'aujourd'hui. Alors, je me demande, est-ce que l'émancipation d'une forme plus classique de roman n'est pas finalement une première rupture ? On retrouve ce procédé littéraire chez beaucoup d'autrices noires engagées, comme la Britannique Warsan Shire dans son recueil *Où j'apprends à ma mère à donner naissance*, l'Américaine Morgan Parker et son recueil *Il n'y a pas que Beyoncé*, ou encore la Martiniquaise Josette Spartacus dans son livre *Négropolitude*... Toutes avaient pour objectif de rendre la complexité de leur statut de femme afro-descendante dans un contexte occidental, mais aussi de dépasser la rigueur d'un format littéraire, à défaut de pouvoir s'affranchir du français ou de l'anglais. On peut donc penser la polymorphie du travail d'Ysiaka Anam comme une image de la complexité des femmes afro-descendantes en contexte occidental, qui est à la source même de l'afroféminisme.

«L’armure s’est amalgamée à la chair, y a fusionné. Pour tenter de les séparer, il faudrait arracher des bouts de peau. Trop violent. Ça s’est emmêlé. Je m’y suis emmêlée. Les pieds. La tête. Tout le corps.»

Savoir nommer et décrire cette complexité, c’est interroger jusqu’à la langue dont on dispose pour faire un état des lieux, avant d’atteindre l’émancipation de notre intime jusqu’à notre place dans l’espace public. C’est finalement dans l’absence de cette langue commune que les femmes afro-descendantes produisent, laissent des traces, nuancent et transmettent, à l'épreuve de leurs différences, de leurs divergences et des violences systémiques qu'elles affrontent. Dans le même entretien, Ysiaka Anam détaille les conséquences de cet idéal inatteignable autour de la langue :

« Dans quelle langue est-il possible de communiquer ? Personnellement, peut-être qu'aucune ne me permet de communiquer mon expérience dans son ensemble. Je suis obligée d'avancer toujours dans l'une en me coupant d'une partie de l'expérience que je ne pourrai communiquer que dans l'autre langue, donc avec le sentiment de boiter toujours d'un côté ou de l'autre. »

Dans un paysage littéraire français peu représentatif de sa population, le roman poétique *Et ma langue se mit à danser* s'inscrit dans une littérature féministe noire et réussit à nous offrir une lecture afroféministe des vécus des femmes afro-descendantes en contexte français. Au-delà de dépeindre des phénomènes systémiques communs, Ysiaka Anam nous fait réfléchir à la manière dont ils pourraient être racontés. L'afroféminisme, comme tout mouvement politique, c'est aussi imaginer d'autres mondes, et donc d'autres imaginaires.

Exister

« Prise, réappropriation ou restitution de la parole ? Longtemps, les négresses se sont tues. N'est-il pas temps qu'elles (re)découvrent leur voix, qu'elles prennent ou reprennent la parole, ne serait-ce pour dire qu'elles existent, qu'elles sont des êtres humains – ce qui n'est pas toujours évident – et qu'en tant que tels elles ont droit à la liberté, au respect, à la dignité ? » Ces mots sont ceux de l'anthropologue sénégalaise Awa Thiam, l'une des femmes à l'origine du mouvement de la Coordination des femmes noires. Créé en 1976 en France, il regroupe des femmes africaines et antillaises dont les combats ne trouvent pas suffisamment d'échos au sein du Mouvement de libération des femmes, organe principal des luttes de cette époque. Ce féminisme blanc dominant ne pense pas l'ampleur des violences auxquelles sont soumises les femmes noires. L'articulation entre oppression raciste et sexiste est au cœur de la pensée afroféministe : pour la chanteuse et musicienne Mélissa Laveaux, elle « se fonde avant tout sur la justice, elle demande l'équité et non l'égalité ». Cette artiste originaire de Montréal, née de parents haïtiens, explore dans son travail les musiques du pays.

Sur son avant-bras, une carte du Black Power Tarot est dessinée. À la place du visage traditionnel de l'impératrice, carte héritée du Tarot de Marseille symbolisant la créativité et le plaisir, ce sont les traits de l'écrivaine américaine Audre Lorde qui se dévoilent. Et ses mots gravés dans la peau : « Je suis déterminée et je n'ai peur de rien. » Aux côtés de cette icône de l'intersectionnalité, dans la bibliothèque idéale de Mélissa Laveaux, se trouvent aussi les romancières de science-fiction Octavia Estelle Butler et Nnedi Okorafor. Et puis toutes ces écrivaines noires non francophones dont les écrits ne sont pas (encore...) traduits en français.

Qui a peur de la mort ? est l'un des romans de Nnedi Okorafor que l'on peut découvrir en français. Dans une région d'Afrique subsaharienne apocalyptique, terrain fictionnel du livre, les innovations technologiques côtoient les mythologies traditionnelles. C'est au cœur de ce monde, au croisement du réalisme magique, de la science-fiction et du fantastique, que la jeune héroïne Onyesonwu découvre ses pouvoirs de sorcellerie. Beaucoup inscrivent ce texte dans l'afrofuturisme, mouvement cherchant à rattacher les Africains à une narration historique tout en proposant une vision prophétique de ce qu'ils peuvent devenir. Nnedi Okorafor n'aime pas les étiquettes mais reste persuadée que le XXIe siècle sera le siècle de l'Afrique. Demain. « Dans le futur on existe », tel est le cœur vibrant de l'afrofuturisme : outil critique de réappropriation de l'histoire et contre-pouvoir au présent, il déploie de nouveaux cadres grâce à un futur imaginé, augmenté, foisonnant. L'artiste Mélissa Laveaux nous emmène à la découverte de ces imaginaires contemporains grâce à Onyesonwu, héroïne qui naît à elle-même au cours de son histoire.

Qui a peur de la mort ?

de Nnedi Okorafor
par Mélissa Laveaux

Il y a onze ans de cela, je me suis procuré *Qui a peur de la mort ?* de Nnedi Okorafor[1]. Même dans la vingtaine avancée, ce texte m'a construite, inspirée et fait voyager – je ne sais pourquoi je n'y suis pas retournée à certains moments difficiles de cette dernière décennie, où j'ai vraiment eu l'impression de me perdre. Sa relecture m'aurait sans doute ancrée dans des imaginaires et des

1. Une autrice nigériane de nouvelles, de livres et de bandes dessinées, qui a plus récemment été impliquée dans la déclinaison du film *Black Panther*, et dont le roman *Qui a peur de la mort ?* sera une série HBO produite par George R.R. Martin et Tessa Thompson.

possibles multiples au moment où je me suis sentie réellement seule, piégée et sans pouvoir d'action.

« Parce que j'ai appris à prendre ce qu'on ne me donnait pas. »

J'aurais voulu vous parler du livre qui a suivi *Qui a peur de la mort ?*, son préquel, *The Book of Phoenix*. Malheureusement, ce dernier n'était pas traduit en français, tout comme mon premier choix, *Undrowned, Black Feminist Lessons from Marine Mammals* de Pauline Alexis Gumbs. Cet essai paru fin 2020 met en parallèle la survie de populations noires, les techniques de résistance afroféministes et la résilience de mammifères marins. Le choix du texte a été contraint par le désir des éditrices de construire une bibliothèque accessible en langue française. Les contrats d'édition aux autrices afro-descendantes francophones étant plus rares en France, et vu le manque de traductions francophones d'œuvres d'autrices afro-descendantes étrangères, j'étais mal barrée. *Qui a peur de la mort ?* reste, pour moi, une œuvre pertinente. Son traitement des thèmes de l'excision, du génocide, de la sorcellerie, de l'adolescence et du patriarcat est non seulement exemplaire mais tout aussi rare qu'il l'était à sa sortie.

Quand je me suis éprise du genre de la science-fiction, découvrir les œuvres d'Octavia Butler[2] et de l'afrofuturisme fut d'autant plus salvateur. J'ai retenu une de ses phrases emblématiques qui définissent son travail : « Il n'y a rien de neuf sous le soleil, mais il y a d'autres soleils. » Dans la même veine, Nnedi Okorafor nous propose des paysages différemment ensoleillés avec une lecture nuancée de la société dans laquelle nous nous trouvons actuellement. C'est sous des soleils méconnus et singuliers que voyage son héroïne Onyesonwu.

« Rappelle-toi tout simplement que ton vrai travail est que si tu es libre, il faut que tu libères quelqu'un d'autre. Si tu as un peu de pouvoir, alors ton travail est d'habiliter ton prochain pour qu'il ou elle puisse s'émanciper. » Toni Morrison

Okorafor nous présente ici une quête initiatique afro-féministe : Onyesonwu est une héroïne qui œuvre non

---

2. À ce moment-là, je débutais ma lecture d'Octavia Butler avec ses œuvres *Kindred* et *Parable of the Sower*.

seulement à sa libération personnelle mais aussi à celle de tous·tes ceux·celles qui sont opprimé·es par le même danger. Ses récits s'inscrivent au sein des futurismes africains et panafricains. Si l'afrofuturisme est une réponse à l'effacement ou à l'invisibilité des personnes noires dans les imaginaires futuristes, alors qui efface qui ? Okorafor va plus loin : et si on effaçait l'Occident ? L'idée est de changer de référent : trouver de nouveaux soleils où notre existence ne dépend pas d'un eurocentrisme qui tente par tous les moyens d'estomper tout ce qui serait « l'autre ».

Partons donc sur ce qui m'enthousiasme le plus dans les univers de Nnedi Okorafor : l'absence de l'Occident. Parmi ses autres ouvrages, j'ai aussi lu *Akata Witch* – souvent surnommé le *Harry Potter* nigérian – et la nouvelle « Binti ». Sur quatre livres différents, je ne retrouve aucune trace de l'Occident. On nous vend trop souvent le mythe qu'il n'y a pas de culture sans culture occidentale ou que tout ce qu'on produit doit être en réponse à cette dernière. Nnedi Okorafor a vite compris qu'on pouvait partir plus loin. Elle n'a ni besoin de détruire l'Occident ni besoin d'y faire référence : il ne rentre pas dans le cadre de son récit parce que le récit n'en a pas besoin. Son inclusion serait hors sujet – une distraction inutile. Pourtant, on parle ici de génocide, de réduction en esclavage ou de servitude d'une ethnie par une autre. On voit ici des références aux différents conflits interethniques du continent africain, qui sont plus que souvent alimentés par l'Occident, et même là l'autrice n'y fait pas référence parce que cela desservirait le récit. Mais ce texte a une vocation plus universelle et reste destiné à tous les publics. Cette manière de travailler peut nous inspirer pour élaborer une construction de soi qui ne s'appuie pas sur l'identité imposée par un pouvoir oppresseur ou dominant, mais sur une identité autodéterminée, autoproclamée. Je ne sais pas si on peut proposer un thème plus féministe pour un roman initiatique.

Qui est Onyesonwu, dont le nom signifie « qui a peur de la mort » en igbo ? C'est une adolescente ewu, qui nous raconte sa conception par le viol de sa mère d'origine okeke par son père d'origine nuru.

« "Okeke" signifie "ceux qui ont été créés". La peau des Okekes a la couleur de la nuit parce qu'ils ont été engendrés avant le lever du jour. Ils furent les premiers. Plus tard, après bien des événements, les Nurus sont venus. Eux sont issus des étoiles, c'est pourquoi leur peau a la couleur du soleil. »

Sur un fond post-apocalyptique, futuriste et dystopique dans un pays imaginaire qui pourrait ressembler au Soudan du futur, elle poursuit son récit avec sa naissance en exil, sa vie de fillette, puis d'ado marginalisée par la société à cause de son phénotype : celui des Ewus est la preuve de leur conception dans la violence. Sa quête initiatique est un conte non linéaire, qui rebondit sans cesse entre le passé et le présent, tantôt le futur. Elle détaille les étapes qui précèdent sa venue dans le monde terrestre. Onyesonwu nous explique son statut d'exclue au sein de la société tout comme les expériences de vie qui la mènent à s'affranchir totalement des mœurs convenables afin de comprendre qui elle est vraiment et quels sont son (vaste) potentiel et son pouvoir. Au début de son parcours, Onyesonwu ne comprend pas que sa communauté ne l'acceptera jamais. Pour ce village où elle grandit dès ses 6 ans, elle représente une malédiction, la violence qui engendre la violence. Elle patauge avant de comprendre cela en passant par de multiples tentatives pour plaire ou pour se plier aux traditions locales de Jwahir.

« Les anormaux se retrouvaient toujours à servir les gens normaux. Si vous refusiez, ils vous haïssaient… Et bien souvent, ils vous haïssaient même si vous les serviez. »

Cette phrase cerne très bien le fonctionnement hiérarchique du patriarcat qui rend légitime le positionnement autodéclaré de ceux en haut de l'échelle de la méritocratie. Ceux·celles en bas doivent servir en se disant qu'avec beaucoup de travail et un peu de chance ils·elles pourront à leur tour accéder au sommet. Alors que cette échelle n'a jamais été conçue pour être escaladée.

Pour moi, un des éléments les plus forts du livre est l'amitié qui lie Onyesonwu à ses trois amies collégiennes – Luyu, Diti et Binta – qui subissent leur rituel d'excision le même soir qu'elle ; désormais, elles sont liées par le partage de cette expérience. Il ne s'agit pas seulement ici d'une question de douleur, mais aussi de solennité du rituel, de sororité, de transmission et de protection. Les jeunes filles sont confrontées aux anciennes du village et, lorsque l'une d'entre elles se voit obligée de divulguer qu'elle a été maintes fois violée par son père, il y a une connivence qui s'agence entre l'enfant et les anciennes. Elles savent ce qu'il y a à faire pour soulager la douleur, elles savent aussi comment exécuter la justice pour que l'enfant ait la paix. Elles s'en occupent. Même si l'excision est une scène de douleur, il ne s'agit pas d'une scène violente de *torture porn*. Okorafor décrit la pratique de la manière la plus objective en respectant les lectrices qui l'auraient vécu. L'autrice observe même les raisons, potentiellement bienveillantes, pour lesquelles les anciennes entreprennent ce rituel : elles pensent vraiment protéger les filles de la malveillance des hommes, car dans ce récit la lame contient un sortilège… mais ce sortilège n'agit que sur les filles. Nous restons dans une société patriarcale et le fardeau de la responsabilité des relations sexuelles retombe toujours sur le dos de la gent féminine – même s'il s'agit de gamines.

« Diti et Binta avaient découvert la vie de femmes libres. »

Elles sont une bande de quatre qui, à elles seules, transcendent différentes facettes socio-économiques et culturelles de la société dans laquelle elles se trouvent. Après leur rituel initiatique, de retour à l'école, elles sont capables de faire face à n'importe quel problème ensemble. Elles comprennent tout de suite qu'elles seront obligées de maintenir un front soudé afin de surmonter les plus grands obstacles de leur vie. L'histoire de cette première amitié forte m'a ramenée aux seuls beaux moments vécus au lycée, aux côtés de ma bande d'amies. Même à cet âge où tout – le corps, soi, les autres – nous semble tellement gênant, j'arrivais à croire, par rares moments éphémères, que tout m'était possible.

Pour moi, l'histoire d'Onyesonwu est la plus puissante aux moments charnières du développement progressif de son autonomie, où elle fait usage de son pouvoir d'action. C'est elle qui choisit son père et le futur mari de sa mère. C'est elle qui choisit de se faire exciser, et quand elle voit que ce n'est pas pour elle, c'est elle qui décide de faire repousser la partie de son clitoris qui lui a été enlevée. Le plus grand sorcier du village lui explique maintes fois qu'il ne lui enseignera jamais les Points mystiques parce qu'elle est une fille, mais elle insiste et rejette moult refus jusqu'à ce qu'il accepte de les lui apprendre. Il ne peut rien refuser à une jeune fille aussi têtue, qui fait preuve d'autant de pouvoirs magiques, mais surtout qui a une puissance dans ses convictions et dans son esprit. Notre protagoniste ne se rend même pas compte de sa force, et c'est ce qui fait tant peur aux autres – personne ne sait jusqu'où elle peut aller, et il arrive un moment où elle comprend qu'elle sera la seule à s'imposer ses propres limites. C'est ce qui la lie à ses amies, qui, chacune avec son histoire de vie, apprennent à imposer leur volonté.

Je ne veux pas dévoiler tout le récit de *Qui a peur de la mort ?*, mais j'aimerais revenir sur un personnage majeur, qui fait son apparition même quand on ne l'attend pas

– Najeeba, la mère d'Onyesonwu. Le peu qu'on sait d'elle, c'est qu'il s'agit d'une femme encore plus têtue et encore plus débrouillarde que sa fille, une femme qui a non seulement refusé son destin mais qui l'a en quelque sorte réécrit.

« Ce n'est pas toi dont la mère, perdue dans le désert et folle de désespoir, a demandé à toutes les puissances de la terre de faire de sa fille une sorcière. »

Quand elle comprend qu'elle porte l'enfant de son violeur, elle fait tout pour s'assurer que l'enfant sera une fille : l'ultime doigt d'honneur à son bourreau, qui cherchait à engraisser une femme puissante pour récupérer un puissant fils sorcier. Elle réclame d'abord son enfant, qui ne sera jamais celui de son violeur, et elle détourne ensuite sa destinée pour en faire une force créatrice. Il faut retenir que le géniteur d'Onyesonwu – Daib – n'aurait jamais tenté de l'assassiner si elle avait été un garçon.

La misogynie dans ce livre est conçue de manière réaliste : le côté « du bien » et le côté « du mal » punissent à tour de rôle Onyesonwu pour être née fille. La punition se traduit par plusieurs tentatives de lui couper l'accès à son pouvoir, sa puissance – sa sorcellerie. Même son amant,

Mwita, qui l'aime plus que la vie, a parfois ses réticences face à ce constat. Elle sera toujours plus puissante que lui.

« C'est moi qui devrais être sorcier, et toi guérisseuse. Il en a toujours été ainsi entre hommes et femmes. »

La quête initiatique n'est pas qu'un long voyage périlleux dans le désert avec ses plus proches ami·es et son amant pour affronter les forces du mal. Il s'agit aussi d'un voyage intérieur pour Onyesonwu. Elle doit, à plusieurs reprises, se battre – non seulement confrontée aux autres, mais surtout confrontée à elle-même. D'abord, elle se bat contre son adversaire – Daib – qui tente maintes fois de l'assassiner. Elle doit ensuite, à plusieurs reprises, se battre avec son futur mentor Aro, qui demeurera réticent vis-à-vis de son rôle de pédagogue dans la vie d'Onyesonwu. Mais elle persiste et insiste pour qu'il lui enseigne les Points mystiques (l'essence de la magie et la base pour comprendre l'univers), alors qu'il refuse de les enseigner à son amant, moins doué et moins courageux qu'elle.

« Il fallait qu'Aro sache que tu étais venue de ton propre chef. Les gens qui sont poussés par les autres... Crois-moi, il ne les accepte jamais. [...] Il faut passer une épreuve avant d'apprendre les Points mystiques. On ne peut la tenter qu'une seule fois. L'échec est horrible. Plus on s'approche du but, plus la douleur est intense. Les garçons que tu as entendus parler, ils ont essayé. Ils sont tous rentrés chez eux meurtris. »

« Ce n'est pas toi dont la mère, perdue dans le désert et folle de désespoir, a demandé à toutes les puissances de la terre de faire de sa fille une sorcière. »

Elle est non seulement obligée de montrer qu'elle est forte pour une femme, mais qu'elle est plus forte que ses camarades de sorcellerie qui ont échoué avant elle. Elle doit démontrer qu'elle peut raisonner rationnellement et faire usage de son pouvoir avec la responsabilité d'une ancienne sage alors qu'il n'y a rien de rationnel dans la manière dont elle est traitée. Elle se bat contre les préjugés qu'on lui impose – ici ceux de l'enfant qui serait vouée à la violence et à la démence. Elle ne s'affranchira de cette identité et du joug du patriarcat que lorsqu'elle se rendra compte du poids et de l'impact de sa puissance. Onyesonwu est plus puissante que son entourage, plus puissante que celui qui veut sa mort, mais cette précieuse information n'est pas acquise. Elle finit par comprendre l'ampleur de ses capacités au moment où elle est confrontée aux conséquences de ses actions – parfois dévastatrices – et à sa part de responsabilité vis-à-vis d'elles. Elle accepte de ne pas pouvoir sauver les gens qui ne veulent pas être libres. Onyesonwu est capable de soigner les excisions de ses amies seulement lorsque celles-ci comprennent qu'elles détiennent plus de pouvoir qu'on ne leur en octroie. Elle attend qu'elles réclament d'elles-mêmes ce soin.

La phrase célèbre de Toni Cade Bambara me revient : « Es-tu certaine, ma chère, que tu veux être soignée[3] ? »

On ne peut pas se défaire du joug du patriarcat sans se rendre compte qu'il s'agit d'une maladie qui nous ronge dès lors qu'on ne cesse de la nourrir. Personne ne peut

---

3. Cette phrase est la première du roman de réalisme magique *Les Mangeurs de sel* de l'autrice, documentariste, poétesse, professeure à l'université et militante féministe afro-américaine Toni Cade Bambara.

nous sortir d'une vision du monde où on nous enseigne à être moins puissantes qu'on ne l'est. Onyesonwu nous montre que le premier pas de cette quête se fait seule. Une fois qu'on a trouvé son chemin, faciliter ce glissement chez les autres relève de notre responsabilité, sans rien leur imposer.

« Nobody's free until everybody's free. » Fannie Lou Hamer

Les féminismes qui sont les nôtres et qui peuplent notre bibliothèque subjective prennent corps sur les terres futuristes de l'écrivaine Nnedi Okorafor, dans la poésie explosive et vitale d'Audre Lorde comme dans les souvenirs d'enfance « bien rangés » de Simone de Beauvoir.

Ses *Mémoires d'une jeune fille rangée*, récit autobiographique de sa naissance à sa vie de jeune adulte, sont une belle entrée dans l'œuvre et la pensée de l'écrivaine philosophe. Avant de raconter ainsi sa vie, elle a exploré la fiction, grâce à des nouvelles et des romans, puis a publié son essai philosophique phare : *Le Deuxième Sexe*. C'est dans ce texte qu'elle formule la phrase culte: «On ne naît pas femme, on le devient.» Avec ces quelques mots, elle affirme que le genre est une construction sociale et non pas un déterminisme biologique. Elle démontre que l'enfant est conditionné·e à être femme (ou homme) selon des critères définis par la société. Tout au long du livre, ses analyses éclairent les étapes de ce conditionnement, façonnant les femmes en des êtres voués à la passivité et à la soumission.

En 1949, ce livre est révolutionnaire.

Soixante-dix ans plus tard, il est toujours un best-seller de la pensée féministe. Relu, commenté, adulé, critiqué.

Les *Mémoires d'une jeune fille rangée* paraissent après la publication du *Deuxième Sexe,* suivis de *La Force de l'âge* et de *La Force des choses*. Simone de Beauvoir avait peur d'écrire cette trilogie autobiographique. Elle a longtemps tourné autour, préférant se cacher derrière ses héroïnes romanesques ou se livrer fugacement dans ses lettres à son amant Nelson Algren. Installée à La Coupole, elle raconte à Jean-Paul Sartre son angoisse de se «jeter toute crue dans un livre», sa peur que la littérature devienne «quelque chose d'aussi grave que le bonheur ou la mort». Elle finit par s'y atteler et publie en 1958 le premier tome de ce projet autobiographique. Ses lecteur·ices y traversent au ras des émotions les premières étapes de sa vie: l'expérience de ses premières règles, son refus précoce de la maternité, son désir d'embrasser une vie exceptionnelle, son amour pour les livres, sa poursuite d'un destin bien à elle. Toute une existence racontée, façonnée. Ce qui frappe à la lecture, c'est la force inépuisable de la jeune Simone, sa foi en l'avenir et surtout sa capacité à contourner le destin qui lui est imposé en tant que femme. Elle répète souvent cette idée à travers ces pages : « En tout cas, je devais préserver ce qu'il y avait de plus estimable en moi : mon goût de la liberté, mon amour de la vie, ma curiosité, ma volonté d'écrire. » En tournant le dos à l'idéologie conservatrice familiale, en choisissant une voie intellectuelle, en refusant de se marier et d'avoir des enfants, elle prouve tout au long de son existence que l'oppression peut être renversée grâce à l'affirmation et l'exercice de sa propre liberté.

Du haut de ses 13 ans, la journaliste et écrivaine Titiou Lecoq tombe un jour sur l'autobiographie de Simone de Beauvoir, plonge dans sa vie et fait la rencontre d'une véritable amie. Les livres ont parfois la magie d'un miroir : ils permettent de nous voir et de nous faire apparaître à nous-mêmes. Et pour l'autrice, dont le dernier livre a pour titre *Les Grandes Oubliées : pourquoi l'Histoire a effacé les femmes*, la lecture de Simone de Beauvoir est aussi une main tendue sur le chemin de l'écriture.

Mémoires d'une jeune fille rangée

de Simone de Beauvoir
par Titiou Lecoq

Je me souviendrai toute ma vie du jour où j'ai rencontré Simone de Beauvoir.

J'étais en classe de 4e et l'année était éprouvante.

Je faisais partie d'une bande de filles qu'on pourrait qualifier de populaires. Mais j'en étais un élément discret du fait de ma timidité maladive. Ma vie tendait vers un unique but : posséder des affaires de marque. Je peux encore citer les objets de mon intense désir : un sac à dos Chevignon, une trousse Creeks, un bombers et des baskets Reebok. Le salaire (et sans doute les valeurs) de ma mère mettait ces objets hors de ma portée, mais je passais des heures à imaginer combien la vie serait douce s'ils étaient miens. J'étais convaincue que les posséder réglerait tous mes problèmes, que si j'enfilais ces baskets montantes blanches je me transformerais en une meilleure version de moi-même, comme dans le film *Grease* où il suffisait de changer de look pour changer d'*être*.

Une version qui trouverait la réplique parfaite pour clouer au mur la fille qui me harcelait. Parce que, dans la bande de filles populaires, l'une d'elles, une amie donc, m'avait prise en grippe.

C'était terrible.

Je voyais bien que je l'insupportais. Tout ce que je faisais la rendait dingue. Quand je parlais, on aurait dit que du sang coulait de ses oreilles, et quand je me taisais, elle devait se retenir pour ne pas me frapper.

Je ne savais plus comment faire pour la déranger le moins possible.

À chaque phrase qu'elle décochait dans le but de m'humilier, si possible en public, j'encaissais. Je me taisais, je retenais mes larmes, j'attendais de rentrer chez moi. À la maison, je prenais un coussin du canapé, j'imaginais que c'était sa tête et je la cognais jusqu'à la mort.

Cette année de 4e n'était donc pas un ciel d'azur dégagé de tout nuage.

J'avais heureusement des alliés sur lesquels m'appuyer pour supporter les affres de l'adolescence. Les séries

Le Prince de Bel-Air, *Les Années collège*, *Sauvés par le gong*, et ma bible absolue, mon mantra, *Beverly Hills 90210*.

« Aucune vie, aucun instant d'aucune vie ne saurait tenir les promesses dont j'affolais mon cœur crédule. »

Voilà les œuvres qui m'aidaient à vivre.

Petite, j'avais beaucoup lu, je voulais même être écrivaine, mais depuis un an, je ne tournais plus une page, à part un Agatha Christie à l'occasion des vacances scolaires. Je ne me faisais pas d'illusions sur la littérature : ce n'était pas dans les livres que j'allais apprendre à me faire un trait de khôl parfait, ce qui constituait à mes yeux le nirvana de l'existence – donc merci bien les bouquins.

Il faut dire que ce qu'on appelle désormais la littérature *young adult* n'existait pas. Hormis quelques classiques comme *Un vendredi dingue, dingue, dingue*, rares étaient les livres qui évoquaient mes problématiques personnelles (à savoir les baskets blanches et le khôl). On passait des romans pour enfants aux livres pour adultes, avec pour seule transition *Le Seigneur des anneaux*. Il fallait donc les vacances scolaires, moments d'ennui absolu dans ma vie – Internet n'existait pas, essayez d'imaginer ce que cela signifiait quand on avait 14 ans –, pour que je me décide à passer l'aprèm avec Hercule Poirot ou Rouletabille.

Mais tout a changé à cause d'un cours de sport.

J'avais toujours détesté les cours d'EPS. Et le fait qu'ils soient plus informels, qu'on puisse se parler et se déplacer, les avait transformés en cauchemars : la fille populaire qui me haïssait s'en donnait à cœur joie pour me persécuter. Parce qu'en plus, cette conne était bonne en sport.

J'avais donc trouvé une solution : sécher les deux heures d'EPS qui tombaient le mercredi matin après la pause de 10 heures et finissaient notre journée de travail.

Je décidai de m'éclipser après l'interclasse et de rentrer à la maison.

C'était un mercredi d'automne, surplombé par un ciel gris typiquement parisien, il était 10 h 20 et j'étais seule dans la rue.

J'en ressentis une impression de liberté grisante.

Quand j'arrivai chez moi, l'appartement était vide, bien sûr. Il n'y avait rien à la télé. Alors je me postai devant la bibliothèque familiale qui occupait tout un mur du salon. Mon regard parcourait les titres. Je me sentais sans doute coupable de louper un cours et je cherchais peut-être à compenser en lisant pendant deux heures.

Mes yeux se sont arrêtés sur un titre. *Mémoires d'une jeune fille rangée*. Je n'avais aucune idée de qui était cette autrice, Simone de Beauvoir. Je pense que n'importe quel titre avec « jeune fille » m'aurait attirée. J'avais besoin qu'on me parle de moi. Je supputais qu'il s'agirait d'une histoire d'adolescente qui apprend à mettre du khôl. Qui plus est, l'adjectif « rangée » me rassurait. J'étais moi-même une fille très sage.

J'ai pris le livre. C'était un vieux poche avec le dessin d'un visage féminin sur la couverture. Je me suis affalée sur le fauteuil, près de la fenêtre, et j'ai ouvert la première page.

« Je suis née à quatre heures du matin, le 9 janvier 1908. »

Je me souviens avoir pensé que c'était incroyable.

J'étais également née en janvier.

En apparence, c'est bien sûr totalement ridicule. Mais quand on y réfléchit, peut-être pas tant que ça. Il faut resituer le contexte. Dans les livres que je lisais, les personnages n'avaient pas de jour de naissance. En commençant par cette date, comme dans un document officiel, Beauvoir instaurait un pacte de lecture qui reposait sur l'idée que ce que j'allais lire était véridique. Il s'agissait d'elle, avec sa date et son lieu de naissance (Paris, comme moi !). Ce n'était pas une histoire imaginaire. Cela m'avait tellement frappée que, dans un exemplaire acheté ultérieurement, j'avais entouré ce mot, « janvier », au crayon à papier, comme un gage de sincérité et de réel.

Dans les pages suivantes, elle racontait quelle petite fille elle avait été. Elle redonnait vie aux sensations de l'enfance, aux couleurs, aux émotions. Et, mécaniquement, je comparais avec mes propres souvenirs. Elle évoquait le rouge qui dominait dans l'appartement familial. Je me souviens avoir pensé au bleu du nôtre. Ce n'était pas la même couleur, mais l'exercice qu'elle me proposait, penser son enfance, je pouvais le faire. Alors j'ai commencé à lire de façon totalement autocentrée, en termes de « moi aussi » ou « moi pas ».

En apparence, beaucoup de choses nous éloignaient. Elle avait grandi au début du siècle, connu des femmes qui portaient des corsets. Pourtant, je comprenais chacune de ses émotions.

Beauvoir s'était toujours promis d'écrire ce livre. C'était un serment qu'elle avait fait à l'adolescente malheureuse qu'elle avait été. Elle raconterait un jour ses tourments. Quand, après la Seconde Guerre mondiale, alors qu'elle est une romancière connue, elle décide de se mettre enfin à la rédaction des *Mémoires*, elle est confrontée à une difficulté. Si elle doit raconter qui elle est, elle doit commencer par dire qu'elle est une femme.

Et là, brusquement, elle se demande : mais qu'est-ce qu'être une femme ?

Beauvoir a toujours été exhaustive et rigoureuse dans son travail. Pour répondre à cette question, elle se lance dans une recherche monstre, lisant de l'histoire, de l'anthropologie, de l'économie, de la psychanalyse. Et plus elle avance dans son travail, plus elle tente de cerner les contours de la femme, plus elle doit se rendre à l'évidence : la femme n'existe pas. C'est un mythe créé par les hommes. On apprend aux petites filles ce que doit être une femme, mais il n'y a rien de biologique ou d'obligatoire là-dedans. On ne naît pas femme, on le devient sous l'influence de ce que la société attend de nous.

Ce travail prend la forme de son livre sans doute le plus important : *Le Deuxième Sexe*.

Il paraît en 1949, c'est un énorme succès et un scandale. Mais c'est surtout une déflagration intellectuelle qui continue de se faire sentir. Tout ce qu'on a écrit sur les femmes et les hommes depuis vient de là.

Il faudra encore attendre quelques années pour que Beauvoir se mette enfin à ses *Mémoires* et se demande ce qu'a été, pour elle, l'identité féminine et comment, parfois, la vie tient à des concours de circonstances.

Dès son enfance, elle voulait être écrivaine, mais appartenant à la bourgeoisie parisienne, on n'attendait d'elle qu'une chose : qu'elle se marie. Heureusement, son père fit faillite. Ruiné, il dut se résoudre à ne pas marier Simone (un mariage coûtait d'autant plus cher que la famille de la mariée payait une somme importante qu'on appelait la dot). Simone devrait travailler. Et à l'époque, pour les jeunes filles de sa condition, une seule voie était envisageable : l'enseignement. Simone étudia donc d'arrache-pied pour devenir prof.

Plus je tournais les pages, plus je me sentais proche d'elle. Je ne peux pas vous décrire ce qui se passait en moi. Pour la première fois, une autre me parlait avec une sincérité totale. De son adolescence, elle disait tout, jusqu'aux troubles sexuels qui la perturbaient. Elle me racontait ses espoirs, ses rêves les plus fous, parmi lesquels devenir une grande écrivaine, les moments d'humiliation qu'elle avait subis, ses peurs, sa solitude.

« Je me sentais toujours très seule ; personne ne me connaissait ni ne m'aimait tout entière, telle que j'étais ; personne n'était ni, pensais-je, ne pourrait jamais être pour moi "quelque chose de définitif et de complet". »

Nous partagions les mêmes angoisses face au temps qui passe et ce qu'on appelle la vie des adultes.

« La monotonie de l'existence adulte m'avait toujours apitoyée ; quand je me rendis compte que, dans un bref délai, elle deviendrait mon lot, l'angoisse me prit. Un après-midi, j'aidais maman à faire la vaisselle ; elle lavait les assiettes, je les essuyais ; par la fenêtre, je voyais le mur de la caserne des pompiers, et d'autres cuisines où des femmes frottaient des casseroles ou épluchaient des légumes. Chaque jour, le déjeuner, le dîner ; chaque jour la vaisselle ; ces heures indéfiniment recommencées et qui ne mènent nulle part : vivrais-je ainsi ? »

Le partage d'une telle intimité, sans faux-semblants, bouleversa la gamine de 14 ans que j'étais et qui se sentait tellement isolée.

Du jour où je rencontrai Simone, je ne fus plus seule.

Je développai même franchement une obsession pour elle. J'étais convaincue de la connaître mieux, plus profondément, plus intimement que la plupart des personnes qui l'avaient véritablement rencontrée. Je rêvais d'elle la nuit, comme d'une personne de mon entourage. Dans les *Mémoires*, elle faisait la liste des livres qu'elle dévorait adolescente et qui avaient compté pour elle. Je décidai de tous les lire. Ainsi, à 15 ans, je me retrouvai avec la culture d'une ado de 1920. J'avais lu *Le Moulin sur la Floss* de George Eliot, Margaret Kennedy, *Le Grand*

Meaulnes, Valery Larbaud, Gide, Paul Bourget, Cocteau, Montherlant, Barrès.

« Je me sentais toujours très seule ; personne ne me connaissait ni ne m'aimait tout entière, telle que j'étais ; personne n'était ni, pensais-je, ne pourrait jamais être pour moi "quelque chose de définitif et de complet". »

Plus tard, dévorant toutes les biographies qui lui étaient consacrées ainsi que ses diverses correspondances, je compris que le pacte de vérité des *Mémoires* avait une limite.

D'abord, tout le livre est construit pour faire de la rencontre avec Sartre le climax. C'est l'année où elle va passer le concours de l'agrégation pour devenir prof qu'elle rencontre Jean-Paul Sartre, qui devient son compagnon de vie. « En face de cet avenir, brusquement, je n'étais plus seule. » Même si elle tâche d'être la plus honnête possible, le livre a tout de même une structure romanesque qui fait sens. Ensuite, du moment où elle entre dans l'âge adulte, elle omet certains éléments (notamment sexuels). Ainsi je découvris ses relations lesbiennes dans sa correspondance. Mais je ne lui en voulais pas. Je la connaissais tellement bien que je comprenais pourquoi elle avait fait ces choix.

Si ce livre a autant compté pour moi, s'il a été à ce point fondateur, si j'ai même pu dire que le lire avait été comme une seconde naissance, ma véritable naissance, ce n'est pas uniquement grâce à la proximité que je me sentais avec Simone.

Elle m'a apporté quelque chose de plus profond encore.

Elle m'a appris à penser.

Je découvris ce que cela voulait dire de ne pas s'arrêter à l'évidence, mais d'être perpétuellement en train de questionner le monde. Y compris sur quelque chose d'*a priori* aussi banal que la nourriture. Dès les premières pages sur le monde de l'enfance, elle écrit par exemple : « Par ma bouche, le monde entrait en moi plus intimement que par mes yeux et mes mains. Je ne l'acceptais pas tout entier. La fadeur des crèmes de blé vert, des bouillies d'avoine, des panades, m'arrachait des larmes. » Moi qui m'étais trimballée l'étiquette d'enfant difficile dès qu'il s'agissait de nourriture, voire carrément de « pire enfant », « un cauchemar », « impossible de la nourrir », brusquement je découvrais une nouvelle manière d'envisager ce qui avait fini par devenir une tare : j'étais comme cette fille, Simone de Beauvoir, je n'acceptais pas le monde en entier.

C'était une révélation.

Un coup de tonnerre et un éclair.

Elle ne se contentait pas de dire qu'elle n'aimait pas les flocons d'avoine, comme je l'aurais moi-même fait. Elle y mettait du sens. Elle analysait cette chose si élémentaire qui aurait pu passer pour une simple préférence. J'en étais éblouie.

Je découvrais une pensée en action.

Simone ne se limitait jamais aux choses telles qu'elles étaient. Elle était d'une exigence implacable envers elle-même. Elle s'admonestait pour aller toujours plus loin dans l'analyse. C'était une véritable machine intellectuelle aux rouages ultra-performants. Elle établissait sans cesse des rapports, elle évaluait des causes, elle réfléchissait à sa vie, à ses choix, à ses réactions, à ce qu'elle voulait vraiment et à ce que son milieu attendait d'elle.

J'en lâchai mon crayon à khôl.

Un monde s'ouvrait à moi. Je découvrais que je pouvais interroger tout ce qui m'entourait, à commencer par moi-même. Pourquoi étais-je incapable de réagir quand la fille populaire m'humiliait ? Pourquoi voulais-je à tout prix lui plaire ? Et, finalement, cette fille m'intéressait-elle véritablement ?

Sans doute pas.

En réalité, je n'en avais brusquement plus à rien à faire d'elle. Elle devint transparente. Quand elle me « vannait », comme on disait, je la regardais avec dédain et me détournais. Elle en fut sans doute étonnée, mais mon indifférence était devenue telle que je n'y prêtais même plus attention.

La philosophie de Simone, la liberté qu'elle revendiquait ouvraient le champ des possibles. Ma vie était devant moi et elle ne dépendait que de mes actions. Je n'étais pas condamnée à subir. Comment résister à 14 ans à des promesses comme celle-ci : « Ma vie serait une belle histoire qui deviendrait vraie au fur et à mesure que je me la raconterais » ?

Enfin, Simone ranima en moi l'amour de l'écriture. C'était définitivement ce que je voulais faire.

Écrire.

Et peut-être, un jour, transmettre ce que Beauvoir m'avait appris.

Simone de Beauvoir signe en 1971 *Le Manifeste des 343,* publié dans le journal *Le Nouvel Observateur*. Elle déclare ainsi publiquement, tout comme l'avocate Gisèle Halimi, l'actrice Delphine Seyrig ou encore l'écrivaine Monique Wittig, avoir avorté. Acte courageux à une époque où il était interdit. Ce manifeste nourrit le débat et ouvre la voie à l'adoption de la loi Veil, quatre ans plus tard, qui dépénalise l'avortement. Dans ces années historiques, les combats se gagnent et les femmes s'approprient de plus en plus leur corps. La philosophe de la pensée féministe Geneviève Fraisse voit dans cette vague fondatrice « la reconnaissance d'un corps social » des femmes. Elle analyse aujourd'hui le mouvement #MeToo comme une nouvelle étape du féminisme, faisant advenir un autre corps, celui qu'elle appelle « collectif ». Selon elle, les femmes prennent conscience, ensemble, que malgré ces nombreuses victoires obtenues dans les années 1960-1970, leurs corps continuent à être possédés. Dès lors, l'enjeu n'est plus d'obtenir l'inclusion dans la société ni de nouveaux droits grâce à la loi, mais bien de déconstruire le système patriarcal à l'œuvre, dans les recoins d'un bureau ou d'une chambre à coucher, dans les plis de nos intimités.

Geneviève Fraisse parle avec beaucoup de passion des années que nous traversons, des féminismes à l'œuvre depuis 2017. Pour elle, la révolution en cours est un événement, une déflagration : le mouvement #MeToo est entré dans l'histoire. Il a rejoint d'autres dates, d'autres noms. Comme celui de l'écrivaine Fanny Raoul, fille de la Révolution française, dont la philosophe aime rappeler le travail et le combat à la fin du XVIIIe siècle. En 1801, Fanny Raoul déclare ainsi dans son texte *Opinion d'une femme sur les femmes* : « Par la même raison que je ne veux pas que les femmes dominent, je ne veux pas non plus qu'elles soient dominées : par la même raison que je ne veux pas qu'elles asservissent, je ne veux pas non plus qu'elles soient asservies. En un mot liberté et égalité civile, voilà ce que je réclame pour elles. » Au lendemain de la Révolution française, les femmes peinent à jouir des ambitions républicaines naissantes. Geneviève Fraisse explique dans son livre *Muse de la raison* que le nouveau système égalitaire se construit, implicitement, sur l'exclusion des femmes. Encore. Mais en 1801, Fanny Raoul revendique l'accès à la citoyenneté à part entière pour les femmes, au cœur d'une société post-révolutionnaire en pleine construction : « Je dis même que la réforme d'un peuple doit commencer par les femmes, et que le législateur n'aura fait rien d'utile et de permanent s'il ne les rend garantes de la constitution nouvelle. »

La philosophe Geneviève Fraisse, en compagnie de Fanny Raoul et grâce à elle, interroge la place et l'existence des femmes en politique et dans la vie de la cité.

Opinion d'une femme sur les femmes

de Fanny Raoul
par Geneviève Fraisse

« *Peut-être l'injustice et la déraison prévaudront-elles encore longtemps ; peut-être l'habitude de penser n'est-elle pas assez commune pour que toutes les idées philosophiques puissent fructifier dans des têtes qu'elle n'a pas encore cultivées : mais une idée utile est rarement perdue ; elle tombe toujours dans quelques esprits féconds où elle fermente en silence et se développe tôt ou tard.* »

Un texte vous arrive comme un météore, il traverse le temps et l'espace sans le secours du contexte, historique, politique, biographique. Je n'invente rien : Fanny Raoul prévoit, dès sa dédicace, en 1801, que son opinion sera entendue, par-delà le temps, un jour, une fois, plus tard. Deux siècles après, c'est fait ! Elle avait raison, Fanny, de s'armer de patience tout en ne cédant rien sur le fond de l'affaire : l'égalité des sexes.

La brochure *Opinion d'une femme sur les femmes* m'est arrivée sur le long chemin de la découverte des textes féministes. Mai 68 n'avait pas déclenché de prise de parole publique féministe, et c'est après seulement, en découvrant en 1973 *La Voix des femmes*, journal quasi quotidien des femmes de la Révolution de 1848, que vint la surprise. Ces femmes prenaient part à un mouvement de révolte, plus d'un siècle avant 1968, en adéquation avec le soulèvement populaire. La deuxième surprise vint de la lecture de Julie-Victoire Daubié, première bachelière en 1861, qui affirmait à plusieurs reprises dans ses écrits que « c'était mieux avant ». Avant ? Avant la Révolution de 1789, avant le jacobinisme. J'étais alors obligée d'aller voir... Elle parlait de droits coutumiers, et, de fait, je découvris un élément structurel de la politique moderne, ce que j'appellerai dans *Muse de la raison* « la démocratie exclusive » (et non excluante), bref, cette démocratie qui dit l'égalité de tous·tes, mais finalement non, pas pour les femmes notamment. Fanny Raoul est, là-dessus, lumineuse...

« De deux choses l'une : ou ces individus sont de la même espèce, et alors ils doivent avoir les mêmes avantages ; ou ils diffèrent tellement entre eux qu'aucune qualité ne leur est commune. Or cette disparité n'existe pas dans les facultés intellectuelles des deux sexes. »

« Une idée utile est rarement perdue. »

« … On m'observera peut-être que l'importance des services rendus à l'État par chacun de ses membres est la mesure des droits qu'il peut y exercer, et que les femmes n'y ont rien à prétendre, puisqu'étant hors de la société elles ne font rien pour elle. Mais pourquoi sont-elles hors de cette société ? Sûrement elles ne s'en sont pas exclues. »

Ainsi, ce texte de 1801 que j'eus le plaisir de rééditer deux fois, lors du bicentenaire de la Révolution en 1989, puis en 2011 à la demande d'un éditeur, ne vous parvient pas, à travers les siècles, comme une lettre, à vous adressée, mais plutôt comme une parole donnée à l'espace commun.

Cela peut sembler banal aujourd'hui qu'une femme prenne la parole en solitaire, imprime un brûlot féministe. Avoir une opinion est la moindre des choses en démocratie.

Pourquoi, au lendemain de la Révolution française, est-ce une provocation ? Parce que la Révolution opère une transformation radicale de la raison des femmes. On disait, dans l'Ancien Régime, que le sexe féminin, le Sexe, le beau Sexe, devait se soumettre à l'Opinion, avec un grand « O », que l'opinion de chaque femme, de toute femme, n'était rien au regard d'une société qui leur demandait d'accepter des convenances, de respecter la bienséance. Alors on comprend qu'avoir une opinion singulière dans l'espace public nouveau, espace démocratique, est subversif. Le geste de Fanny Raoul indique cette mutation, où défier l'Opinion établie, c'est avoir une opinion. Alors le centre de gravité se déplace radicalement vers l'être qui pense, vers l'individu qui ose : « Née pour l'indépendance, je n'ai point fléchi sous le joug honteux de l'opinion. »

Crier, raconter, démontrer, telle est la tâche qu'elle se donne dans ce texte radical. Si je reprends le choix de textes de la Révolution que j'intitulais *Opinions de femmes,* je constate que tous les autres écrits s'inscrivent dans une logique de polémiques, donc de réponses au dominant. La conquête de l'espace public est aussi celle de la dispute, de l'« impossible procès » que les femmes font à la domination masculine. Les contradictrices du babouviste Sylvain Maréchal qui publie, également en 1801, le pamphlet *Projet d'une loi portant défense d'apprendre à lire aux femmes*, en sont le parfait exemple. Elle seule, Fanny Raoul, envoie son texte dans l'espace, espace public, en solitaire.

Opinion d'une femme sur les femmes est un texte météore, disais-je, car il n'a pas d'interlocuteur. Il ne participe d'aucune querelle ou controverse de l'époque, il ne répond à aucun texte hostile à l'émancipation des femmes. Mais alors, qui est cette femme qui a une « opinion » ?

« Ce n'est pas comme auteur que je publie mon ouvrage ; ce titre respectable, auquel les Lumières et le talent donnent seuls des droits, est trop au-dessus de moi pour que j'aie la prétention de l'atteindre. Femme sensible et raisonnable, je veux seulement payer à la société la dette que contracte envers elle chacun de ses membres. »

Elle est donc membre du contrat social ; l'affirmation est simple, et essentielle. Elle juge inutile de se dire autrice, ou citoyenne ; elle représente simplement une femme, « sensible et raisonnable ».

Elle n'hésitera pas, cependant, à faire reconnaître sa signature. Son histoire littéraire est riche d'une dispute avec un auteur de théâtre, dispute largement relayée par les journaux de l'époque. En 1813, elle dénonce un plagiat, une pièce de théâtre écrite par l'académicien Alexandre Duval, *Le Tyran domestique*. Fanny Raoul avait fait circuler une pièce, *La Tyrannomanie*, qui, dit-elle, a inspiré l'homme de lettres. Un lecteur remarque avec pertinence que si le tyran de l'homme de lettres l'est « par caractère », celui de Fanny Raoul l'est « par système ». C'est toute la différence entre psychologie et politique, entre excuse morale d'un mauvais caractère et dénonciation d'une domination structurelle. On se croirait aujourd'hui, aujourd'hui quand le « crime passionnel » est enfin compris comme un féminicide. *Le Journal de l'Empire* se fait l'écho, passionnant, de cette dispute ; et je remarque que ce n'est pas en sa défaveur. Alors Fanny Raoul ne se dit plus « quelqu'une » parmi d'autres, elle se défend clairement comme autrice, autrice plagiée qui plus est ; et mal plagiée, c'est presque pire.

On dira que c'est après s'être lancée dans la vie publique qu'elle devint autrice, à une époque qui conteste vivement cette place-là aux femmes. Or, grâce à cette polémique (« J'ai l'humeur assez belliqueuse », dit-elle), il devient possible de comprendre la genèse de l'écrivaine. Son histoire est ainsi rapportée dans la presse : « Elle venait de finir son écrit, intitulé *Opinion d'une femme sur les femmes* ; elle le lut à son père, qui le trouva trop sérieux, trop grave, et fit entendre à Mlle Raoul qu'une comédie la conduirait plus sûrement à son but, au grand changement qu'elle voulait opérer dans les destinées de son sexe, à l'importante révolution qu'elle méditait. » Et c'est à la suite de ce conseil que Fanny Raoul partit à Paris « avec son drame en poche », *La Tyrannomanie*.

Ce que j'aime alors, c'est sa double position : celle d'une femme indépendante, quelqu'une parmi tant d'autres, membre du corps social (parfois elle signe « une Française »), et celle d'une autrice bafouée, créatrice à l'égal des hommes. Parce que, finalement, dans ce mouvement de double émancipation, elle s'affronte aux deux empêchements de l'époque : devenir citoyenne et être créatrice. C'est le croisement de cette double émancipation qui me plaît dans la lignée des femmes que je me construis.

***

« Le sort des femmes », expression du XIXe siècle débutant, tout comme le sort des ouvriers, peut être amélioré, lit-on souvent à l'époque. Le sort des femmes, analysé par Fanny Raoul, désigne un état subi et aléatoire, une situation négative et hasardeuse. Or, le sort d'un être humain peut être heureux ou malheureux ; bref, le sort suppose le mouvement d'une histoire présente et ouverte vers un futur. Car on peut s'emparer de son sort, jouer avec, le défier, le transformer. Mais le « sort des femmes » n'est plus une expression audible aujourd'hui. Depuis le XXe siècle, on parle avec insistance de « condition féminine ». Cette formule est récurrente, car le mot de « condition », dans condition humaine ou condition des femmes, intervient dans un contexte de temporalité philosophique nouvelle, ou fin de la métaphysique. La condition féminine l'emporte sur l'être absolu, sur la « femme éternelle » chère aux écrivains. Cette expression devrait, par conséquent, être appréciée pour son empiricité, sa qualité existentielle. Et pourtant, la « condition féminine » s'entend toujours comme un état atemporel, enfermant dans une représentation figée et réductrice la vie des femmes. Finalement, la « condition » qui voulait illustrer l'être au monde concret apparaît comme une substance sans histoire, sans passé et sans avenir, au mieux comme une donnée sociologique. En revanche, la belle formule du « sort des femmes » appelle, par sa polysémie, à la vie du sujet et à l'action commune, donc à la politique et à l'histoire. Fanny Raoul, « femme indépendante », fut une femme libre.

« Je sais ce que je veux faire de ma vie : je veux coucher avec beaucoup de gens – je veux vivre et je hais l'idée de mourir –, je n'enseignerai pas, je n'ai pas l'intention de laisser mon intellect me dominer, et la dernière chose que je veuille faire est de vénérer le savoir ou les gens qui ont le savoir. J'ai l'intention de tout tenter... J'anticiperai le plaisir partout et je le trouverai... Je vais m'impliquer totalement, tout a de l'importance. La seule chose à laquelle je renonce est le pouvoir de renoncer, de battre en retraite : l'acceptation du semblable et de l'intellect. » L'écrivaine Susan Sontag a 16 ans quand elle écrit ces mots dans le premier volume de ses *Journaux*.

On lit entre ces lignes la confiance inébranlable d'une personnalité au seuil de sa vie et de son désir, la force d'une existence prête à éclore. L'œuvre de Susan Sontag donne la sensation d'une vie choisie à chaque instant. Ne jamais la subir, sauf quand la maladie s'abat sur elle. Le cancer est l'événement qui fera d'elle la victime d'une force indomptable. Elle la regarde cependant en face en signant son beau texte *La Maladie comme métaphore* en 1978.

Susan Sontag dessine les lignes de son existence sans relâche : mariée à 17 ans, mère quelques années plus tard, elle renonce à son mariage pour vivre librement son amour pour les femmes. Sa dernière compagne, la photographe de célébrités Annie Leibovitz, la capture jusqu'à la fin de ses jours dans des clichés intimes, documentant ainsi l'évolution de sa maladie. Si l'histoire l'a figée dans sa légende, avec sa mèche blanche jaillissant au milieu de sa chevelure noir de jais, impossible de la classer. Romancière et essayiste, philosophe et critique d'art : de l'essai à la fiction, de la photographie au cinéma, des États-Unis à l'Europe, son chemin raconte sa curiosité insatiable et sa quête d'indépendance.

« Ce que je veux, c'est être au cœur de ma vie – être là où l'on se trouve, contemporain de soi-même dans sa vie, prêter une totale attention au monde qui vous inclut » : ces mots prononcés par Susan Sontag lors d'un entretien avec le journaliste Jonathan Cott campent bien le personnage. Tout au long de son existence, elle construira une histoire vraiment à elle tout en restant profondément liée aux événements de son temps. Artiste engagée ? Féministe très clairement, dans ses textes et dans sa manière de vivre, de penser et d'aimer, libérée de toute entrave. Pour la réalisatrice Rebecca Zlotowski, cette figure est un personnage phare de sa bibliothèque féministe. Elles partagent toutes les deux le goût de la fiction qui, selon les mots de Susan Sontag, a le pouvoir de « nous rendre plus sensibles et plus attentifs, de renforcer nos sens de solidarité avec d'autres êtres humains ». Encore faut-il que la fiction laisse une vraie place à des personnages féminins forts, captivants, inspirants. C'est ce à quoi œuvre Rebecca Zlotowski en tant que porte-parole du Collectif 50/50, dont le but est de promouvoir l'égalité des femmes et des hommes dans le cinéma ainsi que la diversité sur nos écrans. La réalisatrice nous raconte sa Susan Sontag, femme terriblement en vie, tout comme les héroïnes qu'elle campe, de Prudence de *Belle Épine* à Naïma d'*Une fille facile*.

Les carnets

de Susan Sontag
par Rebecca Zlotowski

Il y a d'abord une photographie d'elle en noir et blanc sur la couverture. On est légèrement en retrait, derrière elle, elle a les bras croisés, la main gauche sur ses cuisses, croisées elles aussi, et à la main droite une cigarette parfaitement horizontale, le pouce et l'auriculaire se touchent dans un geste élégant, elle nous regarde. Une image qui aurait pu être un dessin, et ce dessin aurait pu faire une couverture du *New Yorker*.

J'ai lu les journaux de Susan Sontag d'abord à cause de cette image séduisante, puis du titre que l'éditeur avait trouvé, *Renaître* – je saurai plus tard que c'est son fils, David Rieff, qui les a édités et préfacés, et ce détail a son importance.

Je ne sais plus quel âge j'avais quand je les ai lus, car pour écrire ce texte j'ai retrouvé dans ma bibliothèque à ma surprise non pas un mais deux exemplaires du premier tome, puis deux exemplaires identiques du second, et chacun porte selon mon habitude mes initiales sur la page de garde ainsi que l'année où je les ai lus, deux années différentes donc. En y pensant, ça fait sens, les journaux de Sontag sont des livres qu'on peut ouvrir puis refermer, laisser dans une maison puis y revenir. C'est tout sauf un essai qu'on doit lire d'une traite, sous peine d'en perdre la teneur dans une concentration diluée.

Oui, on peut lire comme on veut, dans le sens qu'on veut, les deux tomes du journal de Sontag, *Renaître* puis *La Conscience attelée à la chair*, qui compilent de 1947 (elle a 14 ans) à 1980 (elle en a 47) ses pensées, ses notes critiques d'étudiante à Harvard puis d'essayiste reconnue, ses récits de voyages (Tanger, Paris, où elle s'installe souvent, Prague, Nord Vietnam avec une délégation américaine, Londres), ses déceptions amoureuses (notamment avec la metteuse en scène cubaine María Irene Fornés, qui la tourmente, mais pas que), sa vie sexuelle (avec la même et d'autres), les films qu'elle a vus et aimés (la Nouvelle Vague, les avant-gardes américaines, par centaines), les livres qu'elle a lus ou doit lire (les structuralistes, le nouveau roman, Simone Weil, des milliers). Son mariage (pas longtemps). Ses échanges avec sa psychanalyste Diana Kennedy, ses expériences théâtrales avec Grotowski ou Peter Brook. Ses tentatives désespérantes et touchantes de passer à la fiction.

Et pourtant, au milieu de ces journaux intimes, leur densité, parmi les dizaines de listes parfois sans importance qui les émaillent, reste la sensation étrange que si on rate une page, une seule, on risque de rater la maxime, la phrase, la remarque qui sera la nôtre, qui aura été écrite pour nous, qui nous fera d'elle une sœur d'expérience.

Voilà la force de cet esprit et de cette forme qui, sans contraindre, sans prétendre être autoritaire, m'a amenée à être attentive à tout, et à acheter deux fois deux exemplaires. Car les carnets de Sontag se prêtent mieux qu'aucun autre au jeu du livre : on pose une question au hasard au texte, on l'ouvre où on veut et on médite sur le sens de la phrase qui nous vient. Livre oracle, livre horoscope, qui, affrontant sa propre intimité, finit par vous parler de la vôtre.

Cet immense fichier de notes ininterrompues documente chronologiquement la naissance d'une conscience : intellectuelle, amoureuse, politique.

Une conscience qui impressionne quand à 15 ans l'exigence intellectuelle prend la forme d'une discipline de fer, quand la puissance de la curiosité, de l'érudition témoigne de l'avènement d'une pensée. « Si je ne peux pas porter un jugement sur le monde, je dois me juger moi-même. J'apprends à juger le monde. »

Il y a là constamment un mélange entre pensées d'ordre métaphysique, pauses contemplatives et réflexives sur le monde, ses amis artistes, les événements, et l'observation à hauteur du sol des plantes aromatiques d'un jardin, sumac vénéneux, noms de fleurs comme chez Proust, et je la soupçonne d'aimer seulement prononcer les mots. Consciente de sa propension à trop bien articuler, trop bien penser, bien parler, elle a cette façon de se regarder avec lucidité, non pas pour se déprécier, mais pour tâcher de comprendre ses propres secrets : « L'éloquence – penser en mots – est une conséquence indirecte de la solitude, du déracinement, d'une individualité douloureuse, exacerbée. »

Une individualité douloureuse, oui, qui affleure cent, mille fois : ses déceptions sentimentales, le rejet amoureux dont elle semble victime, ou qu'elle analyse comme tel, son culte de la performance sexuelle qu'elle se désespère de ne pas posséder – livrant au passage une des clefs sans doute de ces échecs répétitifs, comme si la notion de performance et celle de sexualité pouvaient être liées d'une manière ou d'une autre. Dimension phallique parfois chez Sontag dans son rapport à sa propre sexualité, et plus particulièrement exacerbée quand elle concerne celle qu'elle a avec les femmes.

Susan Sontag est ambivalente vis-à-vis d'elle-même, oscillant entre ces moments d'abattement qui la dévaluent profondément à ses propres yeux, et la conscience aiguë de sa force, de son intelligence, de sa loyauté. Elle est capable d'écrire, le 17 novembre 1967 : « Au fond, je m'aime bien. Depuis toujours. Mon acquis le plus solide en matière de santé ? C'est juste que je ne pense pas que les autres gens m'aimeront. Et je comprends leur point de vue. Mais si j'étais à leur place, je m'aimerais beaucoup. » Puis, quatre ans plus tard : « Bien sûr, je ne m'aime pas (si je me suis jamais aimée !) [...]. J'ai le sentiment d'être antipathique. Mais je respecte ce soldat antipathique – qui se débat pour survivre, se débat pour être honnête, juste, honorable. Je me respecte moi-même. Je ne tomberai plus jamais amoureuse de tyrans... » Ce soldat antipathique qui se débat.

« Si je ne peux pas porter un jugement sur le monde, je dois me juger moi-même. J'apprends à juger le monde. »

Cette ambivalence me séduit pleinement : d'abord, c'est l'affirmation d'une pensée en mouvement. Cette faculté à se contredire intelligemment est une leçon d'indépendance morale pour moi. Barthes écrivait quelque part : « Je revendique le droit de me contredire. Seules les poules savent tout. » Ensuite pour cette facilité qu'a toujours eue Sontag de passer de la conscience de sa vertu à la lucidité critique de ses défauts, marque des consciences politiques les plus sûres.

Naissance d'une conscience politique, donc, et j'allais dire d'une conscience politique au-delà même de la conscience féministe qu'elle a comme intégrée dès le départ, qui ne pose pas l'ombre d'une question dans ses journaux intimes, de manière assez curieuse et notable. (Sait-on quand on est au plus près de soi qu'on est femme ou noire ou juive ou lesbienne ? Ou n'y revient-on que pour lutter contre l'effet de préjugé, de stéréotype, de limite que ces épithètes font sur le contemporain ?) À nouveau, sentiment d'admiration devant une femme qui questionne la notion même d'engagement tout en n'échappant pas à ses responsabilités : « Je n'ai pas appris à mobiliser la fureur – j'exécute des actions militantes, sans éprouver de sentiment militant », écrit-elle avant son voyage au Nord Vietnam en 1968. Elle précise encore : « Jamais de colère, mais soit de la souffrance, si j'aime, soit de l'aversion, du dégoût, dans le cas contraire. »

À nouveau, je comprends tout, et j'admire la sûreté de trait avec laquelle Sontag s'affirme.

Car il faudrait dire ici ce qu'il y a encore de transgressif aujourd'hui à ce qu'une femme reconnaisse sa propre intelligence, et c'est la raison principale pour laquelle j'ai immédiatement pensé aux journaux de Sontag quand on m'a demandé de composer une des pierres de l'édifice d'une bibliothèque féministe fantasmée, rêvée.

Une phrase m'avait profondément marquée dans le premier tome, quand elle évoquait l'affinité intellectuelle qui la liait à Philip Rieff, universitaire de dix ans son aîné, avec qui elle s'était mariée encore étudiante à Harvard et dont elle a eu un fils, David, à 19 ans à peine, avant de divorcer rapidement. Philip et Susan n'utilisaient jamais de magnétophone pour consigner leurs notes avant d'écrire un texte, ils préféraient faire travailler leur mémoire : « Pourquoi se priver du bénéfice extraordinaire de notre intelligence ? »

Plus loin, revenant sans doute sur des séances d'analyse qui lui permettaient de surmonter le trauma d'une mère narcissique, dure comme de la pierre, d'une mère triste – je me demande au passage : se construit-on mieux quand on veut consoler sa mère ? –, elle écrit : « Quand j'étais bébé, je savais déjà je crois que seulement deux choix s'offraient à moi : l'intelligence ou l'autisme. Être intelligente pour moi n'est pas faire mieux quelque chose. C'est ma seule façon d'exister. Si je ne suis pas intelligente, je suis au bord de la catatonie. »

Cette intelligence et la reconnaissance sans fausse pudeur de sa puissance en ont certes fait l'essayiste précieuse, la figure incontestable qui peut servir de guide moral et spirituel. (Je retiens les pages et notes lumineuses sur l'absence de représentation du féminin agissant, fort, à l'écran ou dans le roman, l'élaboration d'une pragmatique de l'existence pour s'élever davantage, les phrases qui nous éclairent comme des mantras à jamais, comme « on censure chez les autres ses propres vices », et font du livre une véritable « salle de gym mentale », etc.) Mais elle est aussi une romancière malheureuse, une amante un peu empêchée. Lourdeur de son intelligence. L'intégralité de ses journaux peut également se lire comme la tentative ratée d'une artiste à se délivrer de sa pensée encombrante. « J'ai un registre plus large comme être humain que comme écrivain. Pour certains, c'est l'inverse. »

Enfin, il reste un mystère dans ces carnets : ils devaient être au nombre de trois et nous n'en lirons jamais que deux. C'est son fils, le brillant David Rieff, qui a édité les deux premiers, les a préfacés avec tant d'intelligence, là où les journaux parlent parfois du sentiment d'étrangeté qu'elle entretient avec lui, de ses désirs d'abandon, de ses amours contrariées… Pourquoi annonce-t-il dès le début un projet tripartite et en retranche finalement un à jamais ? On ne sait pas.

Je constate simplement qu'on n'a accès qu'à une partie tronquée de sa riche conscience, qu'on en a les années de formation, pas la maturité. Que l'histoire de sa postérité est à nouveau écrite par un homme, fût-il à la hauteur, fût-il son fils. Dommage.

Il faut lire les carnets de Susan Sontag.

Lutter

On peut s'amuser à trouver quelques points communs entre l'écrivaine américaine Susan Sontag, choisie par Rebecca Zlotowski, et Françoise d'Eaubonne, la grande figure française du féminisme des années 1960, racontée ici par Marie Desplechin. Toutes deux ont laissé derrière elles une œuvre prolifique explorant tant la théorie que la fiction littéraire. Mère d'un garçon pour l'une et de trois enfants pour l'autre, elles entretiennent des rapports complexes à leur maternité. Dans le premier tome de ses journaux, Susan Sontag évoque ses difficultés à endosser ce rôle : « Je devrais peut-être abandonner David », écrit-elle. Françoise d'Eaubonne, de son côté, fait l'éloge de sa mère, qu'elle qualifie d'« indifférente » dans un article paru dans *Les Cahiers du GRIF* en 1977. Cette figure maternelle fut plus lumineuse selon ses mots que « les castratrices à cuisine, lessive, raccommodage [qu'elle a] vues sévir autour [d'elle], nourrissant, pomponnant et astiquant pour se faire payer de leurs efforts en suçant le sang et l'âme de leurs marmots ». Devenue mère à son tour, elle fera sienne cette indifférence maternelle. Autre espace partagé entre ces deux figures du féminisme : l'engagement de Susan Sontag contre la guerre du Vietnam, et celui de Françoise d'Eaubonne contre la guerre d'Algérie.

Mais cette dernière place la lutte au cœur de sa vie sans se préoccuper de son image ni de toute bienséance. Chez elle, le féminisme s'impose en pouvoir d'action et de transformation de la société. Cocréatrice du Mouvement de libération des femmes en 1970 puis du Front homosexuel d'action révolutionnaire en 1971, elle lance un appel à « la grève des ventres » en 1974. Dans ce texte publié dans le journal *Charlie Hebdo*, elle incite à l'arrêt des grossesses pendant un an afin d'enrayer la pression démographique et ses conséquences dangereuses d'un point de vue écologique. C'est encore Françoise d'Eaubonne qui utilise pour la première fois le terme « écoféminisme » dans son texte important *Le Féminisme ou la Mort*. Dans ce manifeste, elle articule oppression des femmes et exploitation de la planète, et leur donne une origine commune : le capitalisme patriarcal. « La planète mise au féminin reverdirait pour tous », y écrit-elle.

Françoise d'Eaubonne laisse une œuvre d'une vivacité et d'une diversité impressionnantes, à l'image de la femme radicale qu'elle était : essais (dont on détaille et relit l'héritage et la portée), mais aussi science-fiction, poésie... et littérature jeunesse. Ce sont ces derniers écrits qui ont marqué la vie de l'écrivaine Marie Desplechin dès son plus jeune âge, fascinée alors par les personnages contestataires et subversifs croisés entre les lignes de *Chevrette et Virginie* ou de *L'Amazone bleue*. Elle-même fait aujourd'hui de l'enfance le lieu de son travail et sa source d'inspiration : elle aime la spontanéité de cet âge et les rêves sans limites que l'on s'invente à l'aube de sa vie. Avec sa série *Les Filles du siècle* parue à L'École des loisirs, elle raconte l'histoire et dresse le portrait de femmes à la fin du XIXe siècle.

La littérature jeunesse a réellement le pouvoir de changer les imaginaires, peut-être même en a-t-elle le devoir. C'est Laura Nsafou qui signe *Comme un million de papillons noirs*. C'est Marie Desplechin qui raconte la vie de

Louise ou de Séraphine, ces fameuses filles du siècle. Et c'est la militante Françoise d'Eaubonne qui donne à ses héroïnes de romans pour enfants un nouveau visage. Loin de la passivité docile des princesses de contes de fées.

L'Amazone bleue et *Chevrette et Virginie*

de Françoise d'Eaubonne
par Marie Desplechin

J’ai oublié comment ces deux livres sont arrivés à moi. Par cette fastueuse bibliothèque municipale de Roubaix peut-être, qui recouvrait pourtant ordinairement ses livres de jaquettes aux couleurs éteintes et sombres – bleu, vert ou marron. Pour que je me souvienne si bien des couvertures, j’imagine que les bibliothécaires s’étaient résolues à en conserver quelques-unes, découpées et recollées sur le carton rigide. Les années 1960 battaient leur plein, avec leur cortège d’hédonisme et de technologie, impression quatre couleurs et plastique autocollant.

Pour autant, même au département enfance et adolescence, on n'y raffolait pas des nouveautés. Disons que la bibliothèque ne s'astreignait pas à un suivi frénétique de l'actualité éditoriale. Elle privilégiait le fond, Louis Pergaud, Anatole France, Roger Martin du Gard, Marcel Aymé, ce qui avait le mérite de favoriser le lien entre les générations. La question ne s'est jamais posée à moi de savoir si les gens qui avaient écrit ces livres que j'empruntais étaient morts ou vivants. Ils étaient ailleurs, ni vivants ni morts, sans autre existence matérielle que leur nom imprimé sur la reliure. C'était extrêmement reposant, d'être gardée à distance du présent. Je m'étonne qu'on tienne tant à faire savoir aux enfants d'aujourd'hui qu'il existe des écrivains vivants. Vivants, à quoi bon ?

J'avais peut-être 16 ans quand j'ai finalement accepté de considérer qu'un livre avait affaire avec l'époque. J'ai demandé à ma grand-mère de m'offrir *Les États du désert* de Marc Cholodenko, dont j'avais lu une critique élogieuse, dans *Télérama* sans doute, relevée par la photo d'un beau jeune homme aux cheveux bouclés. Je suis gravement allée acheter le livre que ma grand-mère m'a remboursé et offert, avec un petit mot de sa main en guise de dédicace. « À ma petite-fille chérie. » C'était d'autant plus gracieux que je ne pense pas qu'elle ait jamais tant lu de romans. Elle aimait surtout Musset, dont elle avait recopié des poèmes dans le cahier d'écolière qui lui aura servi d'anthologie pour le reste de sa vie.

Je doute qu'on m'ait emmenée acheter ces livres dans une librairie. Nous fréquentions peu les librairies dans mon enfance, peut-être pas du tout, ou alors juste avant les vacances d'été, dans l'euphorie des préparatifs du départ. Les librairies étaient rares, sombres, elles ne se croyaient pas tenues de séduire, et rien ne laissait présager la Fnac et son barnum. Les livres, je les empruntais, à la bibliothèque municipale, dans l'armoire à livres de la classe, ou encore je les prenais là où ils étaient, chez les gens, parents, oncles et tantes, grands-parents, amis des uns ou des autres. Même chez ceux qui n'ont pas la passion ni même le goût de lire, il traîne souvent quelques bouquins, dans une chambre, sur une étagère. C'était grisant d'y aller voir. Il y avait de merveilleuses surprises et d'autres très troublantes.

À moins que je ne les aie reçus comme cadeaux. Un cadeau d'une autre petite fille, pour un anniversaire par exemple. Quand j'ai eu 13 ans, Nathalie Blondé m'a offert *Claudine à l'école*, que ma mère a immédiatement confisqué, trouvant le roman de Colette inapproprié pour mon âge, et oubliant un peu vite qu'elle m'avait passé un savon pour avoir découvert dans ma chambre quelques semaines plus tôt l'*Aphrodite* de Pierre Louÿs. C'est l'un des charmes de l'éducation que j'ai reçue. Les livres que je ne devais pas lire étaient accessibles comme les autres partout sur les rayonnages, et j'imagine que le mieux qu'on attendait de moi était de faire semblant de ne pas les avoir lus. Ma mère, qui avait des accès d'autorité, aurait fait un dictateur complètement nul. Quant à mon père, il laissait faire, les lectures et les savons.

J'ai donc plus ou moins 10 ans et je lis ce qui me tombe sous la main, avec d'autant plus d'appétit que je traverse quelques années encombrées d'insomnies qu'il faut bien que j'occupe à quelque chose. Que j'aie lu à tort et à travers rend plus intéressant, avec le recul des années, que parmi tout ce bazar j'aie gardé un tel souvenir de ces deux ouvrages (*L'Amazone bleue* et *Chevrette et Virginie*) parus dans la Bibliothèque verte, et dont François Batet avait illustré les couvertures. On y voyait des jeunes femmes armées, l'une l'épée à la main, l'autre le pistolet glissé dans la ceinture. Je n'ai pas d'autre souvenir de jeunes femmes portant des armes dans les livres, *a fortiori sur* les livres. D'ordinaire, les jeunes filles faisaient des bouquets, gardaient des moutons, dansaient dans la montagne ou résolvaient, masquées, des énigmes transparentes. Elles ne se battaient pas. Elles ne montaient pas à cheval pour mener un régiment de moustachus. Elles ne couvaient pas d'un œil protecteur une créature en pans volants alanguie sous un palmier. Il n'y aurait eu que ces couvertures, je crois qu'elles auraient suffi à mon bonheur. Bonheur conforté par le nom de l'auteur (autrice n'étant pas encore revenue dans la langue), qui sonnait comme une promesse et comme une garantie. Quand on s'appelle d'Eaubonne, Françoise d'Eaubonne, on sait forcément ce qu'il en est, de porter l'épée et le pistolet. D'ailleurs, le nom est trop beau pour être vrai, il s'agit sûrement d'un nom inventé pour s'accorder avec les livres, parce qu'il évoque le panache, le courage et même la témérité dont on crédite toujours machinalement la noblesse (surtout guillotinée).

Ce que me racontait Françoise d'Eaubonne dans ces deux romans – si tant est qu'elle s'appellât Françoise d'Eaubonne –, je m'en rappelais à peine avant de m'astreindre à les relire. Il m'en restait un sentiment diffus, d'excitation et d'ivresse, essentiellement dû à la nature inédite des héros, en l'occurrence des héroïnes, Athénaïs et Corysande, Coralie, Chevrette, Virginie. Mais pour le reste, l'histoire en somme, c'était fort nébuleux.

J'en ai longtemps repoussé la relecture. J'étais inquiète de perdre ce qui avait été sauvé de l'oubli, et me restait comme une prise de guerre sur le temps, ma surprise et ma volupté. Ma crainte était inutile. Surprise et volupté me sont revenues, me renvoyant instantanément à l'âge de mes plus ou moins 10 ans. J'ai par ailleurs été récompensée de mon courage en découvrant, comme si je lisais pour la première fois, les intrigues, à la fois confuses et généreuses, échafaudées dans la précipitation – pour ne pas dire entassées – par la romancière. Dans la veine du roman historique, elles puisent un peu à tous les râteliers, Victor Hugo, Bernardin de Saint-Pierre, Alexandre Dumas bien sûr. L'intrigue de *L'Amazone bleue* se situe pendant la Révolution française, principalement dans le camp chouan, avant de se conclure dans les prisons de la Terreur. Celle de *Chevrette et Virginie* commence sur un trois-mâts et se poursuit sur une île, lors d'un voyage aux Indes contrarié par les tempêtes, les naufrages et les pirates.

Je me souvenais des femmes, j'ai été étonnée de constater que les hommes avaient leur part dans l'affaire, des jeunes gens beaux et lisses, opportunément privés de relief, faisant de leur mieux dans des rôles secondaires. Promis aux places de fiancés et de maris, ils contribuaient gentiment, n'existant finalement que pour mettre en valeur les brûlants conflits intérieurs qui déchiraient les héroïnes. Interchangeables Blaise et Florian.

Il faut s'imaginer la lectrice d'à peine 10 ans qui, à la fin des années 1960, sous le couvert de la Bibliothèque verte, se voit offrir sans l'avoir demandé le droit soudain de respirer. Tout ce qu'elle a pu lire jusque-là, dans des genres très différents, a tendu à lui faire admettre que la bonne place, dans l'histoire, est généralement occupée par un garçon, ou par un homme. La lecture, certes, lui a offert la grâce inouïe de participer, mais à condition qu'elle se coule dans le garçon, qu'elle oublie ce corps moyennement capable qui lui sert de destin. Elle a beau faire des efforts, elle a du mal à entrer tout entière dans la cage conçue pour les filles, à force on y étouffe. Et voilà que, sans prévenir, Françoise d'Eaubonne déboule et crochète la porte – je pourrais dire qu'elle l'ouvre, mais c'est plutôt qu'elle l'explose. Dehors, ma fille, bienvenue à l'air libre ! Voilà, je crois, ce que j'ai ressenti, et voilà ce qui explique que, quelques années durant, je me sois si souvent jetée sur mon lit pour relire ces livres.

Françoise d'Eaubonne a peu écrit pour la jeunesse, cinq ou six textes, dont trois romans publiés chez Hachette en 1958, 1959 et 1962. J'avais ces deux-là, ils m'ont suffi. Et puis j'ai grandi.

À mon entrée dans l'adolescence, j'ai rencontré d'autres livres, qui étaient écrits par des femmes mais pas pour des enfants, et qui expliquaient de façon différente comment on fait pour respirer, bien, mieux, encore, plus profond, plus longtemps (Benoîte Groult, Christiane Rochefort, Erica Jong). J'adorais ces femmes de les avoir pensés et écrits, et je n'ai cessé de les aimer depuis. Je n'avais pas oublié Françoise d'Eaubonne, mais pour écrire comme la Comtesse de Ségur, née Rostopchine, « elle dormait dans mon cœur ». Et puis, avec un nom pareil, qu'est-ce qui me prouvait qu'elle existait ?

Oh mon Dieu ! si, elle existait. Elle surexistait. Je quittais l'adolescence et les années 1970 pour entrer dans l'horrible décennie qui allait suivre, quand son nom m'est revenu, dans la presse militante et un peu par hasard, charriant avec lui un flot d'images baroques, de cavalières intrépides, de prisons humides, de serments éternels et de passions contradictoires. Françoise d'Eaubonne existait bien et elle était vivante (j'aurais pu m'en aviser plus tôt, mais je suis désordonnée, dans les recherches comme dans la vie). Elle était entrée dans la Résistance, avait porté des valises pour l'Algérie, fondé le Front homosexuel d'action révolutionnaire, posé une bombe à Fessenheim (probablement)... Elle avait écrit une quantité presque inquiétante de livres de toutes sortes et théorisé l'écoféminisme. Cette femme-là, qui n'avait peur de rien, c'était la Révolution permanente. Elle était évidemment l'amazone bleue, évidemment Chevrette, et je me suis sentie fière, extraordinairement fière, de lui devoir un peu de ce que j'étais, une fille armée, quelqu'un qui refuse d'abandonner son droit à respirer.

Et, une nouvelle fois, je l'ai oubliée – je l'ai laissée dormir. J'avais lu qu'elle avait quitté la France pour le refuge des universités américaines. J'avais par ailleurs à affronter le chaos de ma propre existence et la solitude déprimante des années de *backlash*.

Le bug de l'an 2000 n'a pas eu lieu. L'ère du Verseau n'est pas advenue. Les millénaires se sont tuilés en douceur. L'argent a raflé la mise, faisant de la cupidité et du cynisme les valeurs cardinales du monde en cours et à venir. La vie heureusement n'a pas totalement disparu du cadavre des utopies. Le féminisme, qu'on jurait moribond, est revenu en douce (il faudra attendre encore un peu pour la splendeur). Et voilà comment je me retrouve à parler renouveau avec un ami, un matin, pendant près de deux heures, dans un café qui n'existe plus, non loin de chez moi, porte Saint-Denis, à Paris. Nous nous apprêtons à sortir, quand une dame m'arrête d'un geste de la main et me tend un flyer.

Je l'ai remarquée tout à l'heure, attablée devant une montagne de papiers, ses cheveux jaune paille dressés en épis sur la tête, les joues fardées de rose, tel un très beau, très large et très majestueux muffin drapé dans une écharpe fuchsia. Elle a entendu notre conversation, qui l'a laissée penser que je serais intéressée par une lecture de poétesses iraniennes à laquelle son prospectus me convie. Un rapide coup d'œil à la date me fait savoir que je ne pourrai pas m'y rendre, je le regrette – c'est ce que je lui dis –, car Françoise d'Eaubonne est annoncée dans la liste des invitées, et j'aurais beaucoup aimé voir Françoise d'Eaubonne. Un lumineux sourire éclaire son visage et elle me révèle, avec un accent admirable, l'accent d'Athénaïs Trevor Gradlon de Castelguillon : « Mais, madame... Françoise d'Eaubonne, c'est moi ! » Son nom glisse sur ses épaules, l'épouse et lui fait comme une peau. Je la reconnais, l'émotion déborde : « Oh ! madame, je peux vous embrasser ? » Elle tend les joues et se laisse faire gentiment. C'est un baiser que je n'oublierai pas, mes lèvres sur ses joues, le velouté poudré d'un abricot. Je rentre chez moi. C'est tout.

Parce qu'elle est Françoise d'Eaubonne, je ne peux pas imaginer qu'elle habite à deux pas de chez moi, dans un petit studio qu'elle peine à payer, et qu'il suffit de descendre au café, aussi souvent que le cœur m'en dit, pour l'y retrouver. Je n'ai jamais réussi à débarrasser la lectrice de l'enfant qui s'y cramponne. Je ne conçois pas qu'elle puisse vivre dans la vie ordinaire. Elle existe dans l'ailleurs, se manifeste par apparitions. Le hasard qui nous a fait nous rencontrer n'a aucune chance de se reproduire. Il faut que je lise la biographie que lui consacre Élise Thiébaut pour mesurer ma méprise. Nous étions voisines. Je n'ai rien tenté. C'est moi qui suis ailleurs.

À nouveau, quelques années passent. Ils sont encore rares ceux qui connaissent le nom et l'œuvre de Françoise d'Eaubonne. Mais ce sont désormais des jeunes femmes qui s'approprient la cause, ce qui ressemble à une aurore. De mon côté, j'écris désormais des romans pour la jeunesse. J'y suis venue un peu par hasard, je m'y suis trouvée bien, j'y suis restée. J'ai remarqué que les livres qu'on écrit se nourrissent de ceux qu'on a lus, d'autant mieux qu'on pense les avoir oubliés. L'heure est venue de contacter Françoise d'Eaubonne. De remonter à la source de l'émotion. De savoir ce qu'elle doit au hasard et à la volonté. Mais c'est sans doute ma propre enfance que j'espère éclairer à sa lumière.

Elle a quitté le centre de Paris pour Montparnasse. Son numéro de téléphone figure dans l'annuaire. Je l'appelle un soir pour m'entendre répondre: « Je suis l'autrice, madame, d'une œuvre considérable. Et je n'ai rien à dire des livres dont vous me parlez. Ce sont des sottises. Je les ai écrits parce que je crevais de faim. » J'insiste faiblement, en pure perte. Elle les méprise, ces livres, elle les regrette, et ce ne sont pas mes pauvres souvenirs d'enfance qui sauront la convaincre. Si elle est blessée, moi aussi. Je renonce, elle raccroche.

C'est quand même un comble. Françoise d'Eaubonne, qui veut bien prendre le parti de tout ce que la Terre abrite d'offensé·es, d'humilié·es, d'opprimé·es, se fiche royalement des enfants. Elle se satisfait très bien de leur écrire des sottises, dont elle n'entend même pas assumer la maternité. Elle est comme les autres, tous les autres qui n'ont rien de plus urgent à faire, sitôt activée la pompe à hormones, que de renier leur propre enfance et de mépriser celle des autres. Je l'aime moins. Et c'est ma faute après tout. Je n'aurais pas dû vouloir lui parler. Qu'est-ce que j'espérais ? Les adultes sont décevants, ce qu'on sait bien tant qu'on est un enfant.

Fâchée, je ne suis pas blessée longtemps. Je m'en fiche de savoir ce que pense leur autrice des livres que j'ai aimés. J'ai été très heureuse de constater qu'elle coïncidait avec eux, merci. J'aurais été mortifiée de m'être trompée, d'avoir été prise au piège d'une duperie, d'un artifice, d'un mensonge. Mais non. Ce que j'ai pris en partage était bien partagé, et à cela ses dénégations ne peuvent rien changer.

J'apprends par le journal, c'est au cours de l'été 2005, que Françoise d'Eaubonne est morte dans sa maison de retraite de Montparnasse, à l'âge de 85 ans. D'elle, je n'aurai rien appris sur la naissance des filles armées, ni sur leur étrange pouvoir d'influence. Mon expérience de ratte à la bibliothèque municipale de Roubaix me chuchote pourtant que ce n'est pas grave. Les personnes peuvent mourir. Ce sont les livres qui parlent.

« Je suis l'autrice, madame, d'une œuvre considérable. Et je n'ai rien à dire des livres dont vous me parlez. »

Ils parlent même à tort et à travers. Il faut une volonté d'acier pour les contraindre à la réserve. Et encore. On a beau peser chaque virgule sur une petite balance en or, ils finissent par trahir. Ce qui autorise incidemment des générations d'exégètes plus ou moins bien intentionnés à dauber sans fin sur la vie palpitante cachée sous le gris des phrases. Alors Françoise d'Eaubonne... Elle écrit vite, elle écrit trop, et ne doit pas relire beaucoup. On ne peut pas lui en vouloir, elle pense au chèque qu'elle encaissera. Elle n'a pas le loisir de se méfier, de veiller à ce qui lui échappe, et qui déborde de partout.

J'imagine qu'elle s'oblige, écrivant pour le département jeunesse de la maison Hachette, à fournir des bluettes conventionnelles, propres à satisfaire les sous-lecteurs un peu demeurés que sont les enfants. On y trouvera de l'aventure, de l'amour (hétérosexuel), des mariages (*idem*) et de nobles sentiments (loyauté, fidélité). On placera le tout dans le chaudron arrangeant de l'histoire, qui donne à la cuisson un rassurant parfum de mitonné. Emballé, c'est pesé. Vraiment ? Ce n'est pas du tout ce que voit la petite demeurée plongée dans sa lecture. Ce qu'elle voit, elle, ce sont des femmes possédées par le souci de la politique et de la guerre, fidèles à un idéal, à un camp, à une sœur. Des têtes brûlées qui n'hésitent pas à trahir, voire à se faire tuer, pour leur honneur ou pour leur cause. De franches camarades, pour leurs amies comme pour leurs hommes, peu susceptibles de jalousie ou de dissimulation. Des amoureuses décidées, qui sautent subitement sur l'objet de leur inclination (pas plus d'une page et demie pour la déclaration et la – possible – consommation). Des corps puissants, qui montent à cheval, manient les armes, défont les ennemis, conspirent enchaînés dans les geôles. Alors oui, il est bien question au dernier chapitre de mariage et d'enfants. Mais trop tard, le mal est fait. Ces chevauchées, ces batailles, ces prisons, ces évasions, tout cela génère au bout du compte un vif désir d'y aller, à l'aventure, au combat, à l'amour. Cette lecture, c'est un appel au désir. Une consécration de la libido.

Françoise d'Eaubonne aurait, je crois, reconnu des livres militants. Des livres dont elle aurait gouverné la charge, escompté l'impact. Mais qu'elle refuse de me parler de ceux qu'elle avait écrits pour les enfants révèle une chose : elle a ignoré jusqu'au bout leur pouvoir de subversion. Convaincue de produire de la bouillie, mais incapable de réfréner ce qu'elle était, elle s'est laissée subvertir par elle-même, enseignant au passage que le féminisme, s'il peut devenir un choix militant, est d'abord une révélation existentielle. C'est ce que comprenait d'instinct une petite lectrice de 10 ans, qu'on aurait crue vautrée sur son lit, mais qui cavalcadait en vérité comme une folle derrière une jeune femme anarchiste, noble et fauchée, à la fin des années 1960, au milieu du siècle dernier.

Elle n'y pouvait rien finalement, à ce qu'elle écrivait. Elle était d'autant plus impuissante qu'elle travaillait dans l'urgence, commandée par le besoin, et sans souci de maîtrise. Sans qu'elle y prenne garde, elle se trahissait. Elle se révélait, au bout du compte, forces et faiblesses apparentes.

Françoise d'Eaubonne qui êtes au Ciel entre le chevalier Poulain de la Barre et Simone de Beauvoir, j'ai fini par comprendre ce qui vous peinait tellement dans ces deux livres et que vous détestiez. C'est qu'ils vous échappaient.

La militante Assa Traoré ne recule devant rien. « Sans justice vous n'aurez jamais la paix » est le slogan du comité qu'elle a créé : La vérité pour Adama. En juillet 2016, Adama Traoré, le frère de la jeune femme, meurt pendant son transfert à la caserne de Persan, deux heures environ après son interpellation dans sa ville de Beaumont-sur-Oise. La cause du décès ? Un syndrome asphyxique. Causé par le poids des gendarmes sur le corps du jeune homme, selon la contre-expertise demandée par la famille, causé par la course du jeune homme cherchant à fuir, selon les avocats des gendarmes impliqués. L'affaire n'est pas close mais elle est devenue, depuis, le symbole des violences policières en France.

À l'âge de 10 ans, Assa Traoré découvre le métier d'éducatrice grâce à une rencontre organisée par une institutrice, et c'est une vocation. Accompagner des jeunes sur le terrain sera son métier, elle commence à le pratiquer en 2007 à Sarcelles. Elle est avec un groupe en Croatie pour leur faire découvrir l'Europe et ses paysages quand son frère meurt. Elle rentre immédiatement et prend la tête du combat pour Adama ; depuis, sa lutte est quotidienne : « À travers ma voix de femme, de femme noire et de sœur, je veux dire que nos frères ont aussi le droit de parler », lance-t-elle. Car trop souvent les jeunes hommes des quartiers populaires sont invisibilisés, comme s'ils ne participaient pas à la construction de la France, leurs visages sont effacés du discours national et leurs silhouettes brandies comme une menace. Pour rendre justice à ces voix oubliées, l'alliance des luttes antiracistes et féministes est plus que jamais nécessaire dans et par l'action. Une féministe « doit réapprendre à entendre, voir, sentir pour pouvoir penser. Elle sait que la lutte est collective, elle sait que la détermination des ennemi·es à abattre les luttes de libération ne doit pas être sous-estimée, qu'ils utiliseront toutes les armes à leur disposition, la censure, la diffamation, la menace, l'emprisonnement, la torture, le meurtre. Elle sait aussi que la lutte est porteuse de difficultés, de tensions, de frustrations mais également de joie et de gaîté, de découvertes et d'élargissement du monde. »

Ce sont les mots de Françoise Vergès dans *Un féminisme décolonial*, essai incisif sur la nécessité de repenser le féminisme au carrefour d'autres luttes comme le racisme, le capitalisme et l'impérialisme. « C'est un féminisme qui fait une analyse *multidimensionnelle* de l'oppression et refuse de découper race, sexualité et classe en catégories qui s'excluraient mutuellement », analyse-t-elle encore, en apportant son soutien au comité La vérité pour Adama.

Femme en lutte, Assa Traoré a choisi ici de parler d'un combat. Celui d'un homme, Denis Mukwege, gynécologue congolais qui lutte contre les violences sexuelles et répare les corps en République démocratique du Congo. Ce médecin, lauréat du prix Nobel de la paix en 2018, a coécrit avec Guy-Bernard Cadière un témoignage personnel contre la barbarie : *Réparer les femmes*. Grâce à la contribution d'Assa Traoré, deux pays, deux voix, deux luttes dialoguent et rappellent que le féminisme est un combat de terrain, sans relâche, bien au-delà des rayonnages de notre bibliothèque.

Réparer les femmes

de Denis Mukwege
par Assa Traoré

C'est un drame qui m'a propulsée sur le devant de la scène. La mort de mon frère Adama Traoré entre les mains des forces de l'ordre, à l'âge de 24 ans, un jour du mois de juillet 2016, a fait de moi une combattante. Pour lui, pour honorer sa mémoire, pour que son nom ne meure pas dans l'oubli, je me suis mise en lutte. Je porte une cause malgré moi, je la représente cependant avec fierté, je crois que l'égalité, la fraternité, la justice peuvent l'emporter. Je suis la sœur d'Adama Traoré, une femme noire, mère de trois enfants, et depuis bientôt cinq ans, j'ai rencontré des tas de gens, des militants, des soutiens, des anonymes. Et surtout des femmes, qui se mobilisent autour de moi, qui m'accompagnent. Des femmes qui font corps pour l'avenir de leurs enfants. Je veux parler de ces femmes. Celles qui, comme ma mère, m'ont précédée, celles qui, comme ma fille, suivront. Celles qui élèvent nos garçons, qui les protègent, qui leur apprennent à devenir des hommes. Nous, les femmes, portons l'humanité. Mais ce sont les femmes aussi, hélas, qui en explorent le plus souvent les limites. Quand les hommes se déchirent, les femmes sont le terrain de leurs souffrances. J'écris « les » hommes, mais je pense à « nos » hommes. Ceux que nous aimons, ceux que nous enfantons.

Je ne suis pas une féministe qui se serait construite dans les lectures de grandes théories sur le sujet. Je n'ai jamais pensé ce combat comme une lutte particulière, je considère qu'il procède de la même énergie que celui que je mène pour mon frère Adama. Je crois que ce sont les mêmes valeurs, évidentes, que je défends, qu'il s'agisse des femmes, victimes d'abus de toutes sortes, ou de nos frères, victimes de violences des forces de l'ordre. Pour moi, toutes les causes convergent, car il n'est question de rien d'autre que d'égalité, au fond. La défense des valeurs humaines, des droits de l'homme et de la femme, est supérieure à toutes les appartenances, religieuse, ethnique, politique, identitaire. Et j'ai appris et compris autre chose de ma triste expérience : ce sont les gens de terrain qui font bouger les lignes, ceux dont les actes, même anodins, mais répétés, nombreux, acharnés, sont autant de petits pas vers la lumière.

Denis Mukwege fait partie de cette famille d'humains, qui œuvre sans faillir, au quotidien, pour que la barbarie n'emporte pas nos vies vers l'irréversible. C'est un gynécologue, spécialiste mondial du traitement des mutilations génitales, qui soigne les femmes, un chirurgien qui répare l'humanité. Plus de vingt ans d'exercice de la médecine à son actif, et des dizaines de milliers de femmes ramenées de l'horreur. Denis Mukwege, lauréat du prix Nobel de la paix 2018, dit que « ce ne sont pas seulement les auteurs de violences qui sont responsables de leurs crimes, mais aussi ceux qui choisissent de détourner le regard. Le viol, les massacres, la torture, l'insécurité diffuse et le manque flagrant d'éducation créent une spirale de violence sans précédent. [...] Nous avons tous le pouvoir de changer le cours de l'histoire lorsque les convictions pour lesquelles nous nous battons sont justes. »

Ce médecin ne soigne pas des « patientes », mais des victimes. Des femmes qui ne représentent pas seulement des problématiques médicales, des femmes qui ont subi des crimes. Là où il n'y a rien que le désordre de la guerre, là où il n'y a plus ni enquête ni justice. C'est pourquoi je voudrais ici parler de son livre *Réparer les femmes*, écrit avec le

Dr Guy-Bernard Cadière. Le Dr Mukwege y raconte le destin des femmes qui, depuis des années, subissent les guérillas, dans la région du Kivu, en République démocratique du Congo. Une région convoitée par les pays voisins, les pouvoirs occidentaux, les multinationales, pour ses sous-sols, qui recèlent de précieux minerais, de l'or, des diamants, du coltan. Une région qui ressemble à une bijouterie à ciel ouvert, dont le chaos profite aux pilleurs, pas aux habitants, dont les existences se succèdent sur une terre qui n'est rien qu'un champ de bataille. Les populations locales n'ont droit à aucun espoir. Pour les anéantir, les guerriers s'en prennent aux femmes. Ils les violent, les mutilent. Parce que la famille, les enfants sont les richesses de tout peuple. Et, dans le Kivu plus qu'ailleurs, la fécondité est sacrée. S'y attaquer, c'est annihiler l'essence de toute une communauté. La détruire.

Denis Mukwege a construit cet hôpital au cœur d'une Afrique déchirée, pour rattraper des destins qui n'avaient d'autres perspectives que la honte et le rejet. Parce que la médecine et l'éducation sont les points clefs de toute société qui cherche la sérénité et l'équilibre. Denis Mukwege offre une nouvelle chance à ces femmes dont les organes génitaux ont été mutilés, il en fait des survivantes. C'est l'énergie retrouvée, redoublée de ces revenantes qui sortira les hommes de leur enfer. Parce qu'elles élèvent leurs enfants, même issus des exactions subies, parce qu'elles imposent l'éducation, le cadre, l'ordre, parce qu'elles diffusent leur intelligence émotionnelle. Et bâtissent ainsi une puissance collective.

« Ce ne sont pas seulement les auteurs de violences qui sont responsables de leurs crimes, mais aussi ceux qui choisissent de détourner le regard. »

Je crois que c'est notre affaire à toutes, nous, les femmes du monde entier. La condition des femmes nous concerne, doit nous mobiliser. Il reste des endroits où les mutilations génitales infligées aux femmes sont endémiques. Nous devons les combattre, ensemble. Sans faire de ces exactions des arguments qu'on retournerait contre certains hommes, certaines cultures, certaines origines. Quels que soient notre nationalité, notre religion, notre sexe, nous appartenons tous à la même humanité.

Le Dr Denis Mukwege se bat depuis vingt ans pour la reconnaissance de ces crimes de guerre, de ces viols répétés comme autant de tirs de mitraillettes, des actes de torture qui sont autant d'armes et de coups portés à un peuple. Il veut que la vérité soit connue de tous. Que nous cessions de détourner le regard. Le livre est un de ses outils. Son témoignage est indispensable : ces exactions nous concernent. Nous en sommes tous responsables, dans la mesure où nous passons devant en fermant les yeux, dans la mesure où nous ne faisons rien, à notre échelle, pour qu'elles cessent. Denis Mukwege demande la reconnaissance de cette vérité, et l'implication de la justice. Que ces mutilations soient reconnues par la justice internationale comme des crimes de guerre, des crimes contre l'humanité.

Je n'ai pas l'expérience des grands discours, des théories travaillées, j'ai seulement celle de mon drame, de mon combat. Je dois la solidité de mes engagements à ce que je vois, aux destins que je croise. Denis Mukwege est un homme dont j'admire le parcours. Et cela s'est confirmé à chaque page de son livre. Un homme qui se bat pour nous toutes, pour nous tous. Par l'action. Et je ne crois plus qu'en cela, l'action quotidienne, à la hauteur des moyens qu'offrent nos vies, pour réparer les injustices qui continuent de déchirer le monde, de le diviser. Je crois qu'il suffit de petits souffles pour faire de grandes choses. Pourvu qu'on les unisse.

« Qu'il est difficile, le chemin de vie des femmes ! », formule l'écrivaine camerounaise Djaïli Amadou Amal dans son roman *Les Impatientes*. Dans son propre parcours semé d'embûches et d'obstacles, les livres l'ont sauvée, tout comme l'écriture de sa propre vie gribouillée dans un vieil agenda trouvé par hasard. Ses lignes écrites en cachette sont désormais honorées d'un prix Goncourt des lycéens décerné à la romancière en 2020. La littérature l'a détournée d'un chemin tout tracé. Et elle compte bien la transmettre à son tour grâce à son association Femmes du Sahel, qu'elle a créée au Cameroun pour l'éducation et le développement des femmes dans son pays.

C'est l'écrivaine Fatima Daas qui invite Djaïli Amadou Amal dans notre bibliothèque féministe idéale : elle a choisi son dernier livre, *Les Impatientes,* le seul texte paru en France de cette figure littéraire camerounaise. Pour la jeune romancière qui revendique souvent les influences fortes de Marguerite Duras, Annie Ernaux ou encore Virginie Despentes, la lecture des *Impatientes* a été un choc.

Et le roman qu'elle signe à 25 ans en est un lui aussi. *La Petite Dernière,* un monologue aux allures de partition, scandé par des paragraphes courts et une répétition à chaque début de chapitre : « Je suis Fatima Daas. » Une ritournelle ou une *punch line,* une psalmodie. Dire « je suis » pour exister, dire « je suis » pour dépasser ses identités multiples et éclatées, ses tiraillements intérieurs, son désordre intime. Car, pour la jeune écrivaine, être une femme, musulmane, lesbienne, issue des quartiers populaires est une lutte avec soi-même. Avec la honte. Avec les silences. Avec la solitude. « Je m'appelle Fatima Daas. J'ai la sensation d'avoir une double vie », peut-on lire dans son roman. « C'est difficile d'être toujours à côté, à côté des autres jamais avec eux, à côté de sa vie, à côté de la plaque. » *La Petite Dernière* est le récit de cette quête identitaire, celle d'une femme qui ne se sent pas à sa place. Alors, comment se fraye-t-on un chemin entre les prières à

Dieu et un nom que l'on pense avoir « sali » à cause de ses amours féminines ? Comment tenir debout empêtrée dans des interdits qui nous habitent et nous empêchent ? Il n'y a pas de réponse définitive pour Fatima Daas. Pas de solution miracle. La lutte est douloureuse entre ses multiples visages, et c'est dans l'écriture qu'elle parvient aujourd'hui à les réunir. Créer devient un lieu de formulation de ses contradictions. Un moyen de se trouver présente à soi-même. Une nécessité pour la jeune femme qui partage ce besoin vital d'écrire avec Djaïli Amadou Amal.

Les Impatientes

de Djaïli Amadou Amal
par Fatima Daas

Il y a les livres que nous trouvons à l'aventure dans les librairies, il y a ceux qu'on nous offre et ceux que nous découvrons au détour d'une rencontre. Il y a aussi ceux qui nous tombent dessus, comme cela m'est arrivé en septembre 2020, alors que je préparais une rencontre qui aurait lieu au festival Le livre sur la place, à Nancy. Je devais participer à une table ronde, intitulée « D'un continent à l'autre », avec les autrices Djaïli Amadou Amal (*Les Impatientes*), Dima Abdallah (*Mauvaises herbes*) et Dany Héricourt (*La Cuillère*).

Quelques semaines avant le rendez-vous, j'ai donc lu *Les Impatientes*, roman polyphonique qui raconte les destins liés de trois Peules du Cameroun, Ramla, Hindou et Safira, trois femmes mariées de force qui voient leur jeunesse et leurs espoirs d'émancipation leur échapper.

En parcourant les pages des *Impatientes*, j'éprouvais de la peur, comme d'autres en ont ressenti à la lecture de mon roman. Peur de la récupération, des répercussions, des interprétations erronées.

« Ô ma mère ! Que c'est dur d'être une fille, de toujours donner le bon exemple, de toujours obéir, de toujours se maîtriser, de toujours patienter ! »

J'imaginais le message que certains formuleraient, comme une manière de se conforter dans leurs idées racistes selon lesquelles il conviendrait de ne dénoncer que les violences faites aux femmes ailleurs, là-bas, en Afrique, pour mieux occulter celles subies par les femmes françaises, ici. Comme pour dire : « C'est mieux en France » ; « Merci, la France » ; « Ici, ça va : les femmes sont libres ». Comme pour continuer de pointer du doigt les voisins, sans jamais se regarder soi-même.

On pourrait penser que ce roman traite essentiellement de la condition des femmes au Sahel, victimes de la polygamie, du mariage précoce et forcé, mais à la vérité l'œuvre transcende ces thèmes pour atteindre l'universel. *Les Impatientes* s'adresse en fait à toutes les femmes, aux femmes de partout, en dénonçant toutes les violences qu'on leur inflige, et bien plus. Ce roman se fait l'écho de celles qui ont dû se taire, qui n'ont jamais eu droit à la parole, qui sont forcées de patienter sous les coups, dans les larmes et la pauvreté, sans éducation, patienter dans l'injustice, patienter quand on les viole, quand on les frappe, quand on leur crache à la gueule, quand on les soumet au racisme, au sexisme, à la misogynie.

Patienter, se taire, à la rigueur ouvrir la bouche pour dire merci.

« Je n'ai pas pleuré, je n'ai pas riposté. J'étais déjà morte à l'intérieur. »

Il est ici question de pouvoir, de domination masculine, mais il est surtout question de femmes, de force, de complexité, de nuances et de liberté.

Dans *Les Impatientes*, on suit trois femmes châtiées parce qu'elles sont femmes.

Ramla, qui ouvre le roman, souhaite faire des études. Séparée de l'homme qu'elle aime, le meilleur ami de son frère, elle est « donnée » par son oncle et son père à un homme riche et puissant. Elle essaie de s'enfuir, mais on la réintègre vite dans son mariage pour ne pas salir l'image de son père.

Le mari de Ramla possède une première épouse, Safira, qui doit non seulement accepter sa coépouse, mais aussi l'accueillir. Or, Safira fera tout pour détruire sa rivale et regagner l'exclusivité au sein de son couple.

Hindou, la sœur de Ramla, est forcée d'épouser son cousin qu'elle déteste, un homme infidèle, alcoolique et violent.

Trois voix s'élèvent, chacune très singulière, chacune très forte, et ça fait du bien.

Ça fait du bien parce que nous en avons besoin, et de plus en plus. Nous désirons lire des histoires écrites par des femmes, découvrir des histoires de femmes oubliées, interroger l'âme des femmes qu'on fait taire pour mieux régner sur elles.

Quand je lis, je désire faire corps avec les personnages. Djaïli Amadou Amal parvient à nous tenir, à faire exister ces histoires sous nos yeux notamment grâce à l'utilisation du « je » – le « je » de l'expérience intime.

Jamais laissées en plan, nous sommes avec ces femmes, nous sommes ensemble, elles nous tiennent par la main. Nous vivons dans leur regard, nous ressentons l'injustice dans leur corps, dans notre corps.

Nous éprouvons la colère de Safira, sa jalousie à l'égard d'une coépouse. Nous sommes arrachées à l'amour pour être jetées dans la gueule du loup, à la merci d'un riche commerçant, maintenues dans la dépendance financière, sous l'emprise du pouvoir, captives.

Si on peut accoler plusieurs étiquettes à ce roman, c'est parce qu'il est porté par une autrice engagée, déterminée, sincère, qui s'est inspirée de sa propre histoire et de la vie des femmes de sa connaissance, sans avoir eu à faire un travail de recherche. Ces vies-là, elle les connaît. Ce sont celles de ses amies, de ses voisines, de son entourage. Djaïli Amadou Amal parle d'un lieu reclus et douloureux, mais elle sait d'où elle parle. À aucun moment on ne se demande où elle se situe.

Parce que, ce roman, c'est aussi l'histoire de son autrice, mariée de force à 17 ans. Elle parle à notre cœur, elle pousse dans l'urgence un cri de révolte et d'émancipation.

Son écriture tue le silence.

Son écriture lève le voile sur des tabous.

Le mariage précoce qui autorise le viol conjugal, lequel n'est bien sûr jamais reconnu comme un viol. Personne n'en parle. Djaïli Amadou Amal fait éclater une vérité. Et ça fait du bien à notre colère, à notre révolte, à nos combats !

« Le médecin ne s'en formalisa pas non plus. Ce n'était pas un viol. Tout s'était déroulé normalement. Je suis juste une nouvelle mariée plus sensible que les autres. Mon mari est jeune et amoureux ! C'est légitime qu'il soit ardent ! C'est habituel que ça se passe ainsi. D'ailleurs, qui a osé évoquer le mot "viol" ? Le viol n'existe pas dans le mariage. »

Lors de notre rencontre à Nancy, Djaïli Amadou Amal m'a dit qu'elle ne prétend pas au miracle et qu'elle ne peut pas changer les choses toute seule. Elle a choisi la littérature pour mettre en mots les injustices faites aux femmes. En ce sens, son écriture permet d'éveiller les consciences pour que nous trouvions ensemble les solutions.

Cela dit, l'écriture n'est pas son seul engagement. En 2012, Djaïli Amadou Amal a fondé Femmes du Sahel, une association à but non lucratif qui a pour objectifs de promouvoir l'éducation et le développement de la femme et de la jeune fille, de mener des actions sociales contre toute forme de violence contre les femmes, notamment le mariage précoce ou forcé. L'association prend aussi en charge la scolarisation des enfants issus de milieux défavorisés.

Si l'autrice mène un combat pour les femmes avec des femmes, *Les Impatientes* nous donne à voir la sujétion des femmes au patriarcat.

« Ô ma mère ! Je t'en veux. Tu m'aimes, certes ! Mais tu m'as mal aimée. Tu n'as pas pu me comprendre ni me défendre. Tu n'as pas entendu mon cri de détresse.

Tu m'as jetée en pâture. Mais tu restes ma mère. La personne que j'aime le plus au monde. »

Dans cet enfer, il n'y a aucune possibilité de s'affranchir de l'autorité, aucune respiration, aucune main tendue, aucune bienveillance de l'entourage féminin. Aucune sœur, aucune amie, aucune mère ne vous vient en aide.

Les Impatientes, c'est moins une histoire de sororité qu'une dénonciation du silence, le silence complice, le silence qui trahit, le silence qui cautionne l'état des choses. Dans ce monde, les violences masculines sont agréées et perpétuées par des femmes qui instaurent le chantage affectif, un système de persuasion et de culpabilisation des victimes. Aucune femme n'intervient. Elles sont toutes complices.

Les héroïnes du livre s'écartent à leur façon de la place de « femme » qu'on leur a attribuée. Et c'est ça que je désire lire, c'est ça que je recherche en littérature, une écriture qui nous fait sortir de la place qu'on nous a assignée, une écriture qui nous fait prendre la parole, une écriture qui détruit les cases qui nous enferment.

Ce roman dessine une réalité qui m'a parfois déroutée, à laquelle j'ai pu être confrontée d'une autre manière, ailleurs, en tant que femme maghrébine, lesbienne, musulmane, chaque fois qu'on ne m'a pas crue, chaque fois qu'on a refusé de voir ce que je montrais du doigt, chaque fois qu'on m'a dit de patienter, qu'on m'a dit que j'en faisais trop, chaque fois qu'on a piétiné mes souvenirs, chaque fois qu'on m'a demandé de me taire pour ne pas tout faire exploser.

Les Impatientes est un cri contre l'obéissance aux injonctions de la patience, de la soumission au père, au mari, au patriarcat.

« Je n'étais pas que la fille de mon père. J'étais celle de toute la famille. Et chacun de mes oncles pouvait disposer de moi comme de son enfant. Il était hors de question que je ne sois pas d'accord. J'étais leur fille. J'avais été élevée selon la tradition, initiée au respect strict que je devais à mes aînés. »

Les Impatientes m'a rappelé *Chère Ijeawele, ou un manifeste pour une éducation féministe* de Chimamanda Ngozi Adichie, essai dans lequel l'écrivaine nigériane examine les situations concrètes qui se présentent aux parents d'une petite fille et explique comment déjouer les pièges que nous tend le sexisme, à travers des exemples tirés de sa propre expérience.

Les Impatientes se lit comme une lettre aux filles à qui on a demandé d'être bien gentilles pour devenir de bonnes épouses.

« J'ai piétiné mes rêves pour mieux embrasser mes devoirs. »

Cette liste d'injonctions et de conseils déguisés est en réalité un appareil de règles et de devoirs transmis par le père, par la famille, puis par le mari aux femmes. Devoirs auxquels elles doivent toutes s'astreindre sans faute.

« Je ne suis pas folle. Si je ne mange pas, c'est à cause de la boule que j'ai au fond de la gorge, de mon estomac si noué qu'aucune goutte d'eau ne peut plus y accéder. Je ne suis pas folle. Si j'entends des voix, ce n'est pas celle du djinn. C'est juste la voix de mon père. La voix de mon époux et celle de mon oncle. La voix de tous les hommes de ma famille. [...] Non, je ne suis pas folle. Pourquoi m'empêchez-vous de respirer ? Pourquoi m'empêchez-vous de vivre ? »

Je ne l'ai pas encore dit, mais ces hommes s'appuient sur la religion, ici l'islam, pour asseoir leur domination. Djaïli Amadou Amal jette d'ailleurs un œil critique sur l'utilisation des textes religieux pour soumettre les femmes. J'ai été très émue et très touchée non seulement par son écriture brute sans être brutale, mais aussi par sa capacité à ne jamais tomber dans le pathos ni dans l'essentialisme.

« J'ai piétiné mes rêves pour mieux embrasser mes devoirs. »

Ce roman pose les bonnes questions au bon moment. Comment pouvons-nous trouver notre voix quand on tente de nous étouffer ? Comment trouver sa place sans tout foutre à la poubelle ? Comment faire le tri entre les traditions et la religion ? Comment faire pour bien trier ?

Mais, surtout, comment survivre ?

Créer

« La muse doit se contenter de faire l'amour la nuit pour que le génie puisse créer le jour », formule la philosophe Geneviève Fraisse dans son ouvrage *La Suite de l'histoire*. Vous l'avez croisée au chapitre II de ce livre, dans lequel elle dialoguait avec une figure post-révolutionnaire, l'écrivaine Fanny Raoul, bien décidée à se faire entendre au cœur de la nouvelle société démocratique en élaboration. Geneviève Fraisse analyse les deux chemins tracés par l'émancipation des femmes depuis le tournant historique de 1789 : elle distingue, d'un côté, le chemin « pour toutes », et, de l'autre, celui « pour chacune ». Le premier s'élabore grâce aux luttes civiques et offre petit à petit l'autonomie sociale dans des domaines comme l'éducation, la citoyenneté ou encore l'accès à l'emploi. Le second est d'un autre ordre : il ouvre la voie à la liberté de créer et donc de partager avec les hommes l'espace de la pensée et de l'art. La muse délaisse alors son corps-objet pour devenir sujet, actrice, artiste. C'est cette transformation qui, pour Geneviève Fraisse, dérègle et déplace les lignes. « La parité ne fait pas une révolution », explique-t-elle, tandis que l'émancipation du corps féminin touche au symbolique et ébranle ainsi en profondeur les représentations. Et l'art y a son rôle à jouer.

Les premières pages de ce livre s'ouvraient avec des images du film *Portrait de la jeune fille en feu* de Céline Sciamma. Pour créer son personnage de femme peintre, Marianne, la réalisatrice s'est longuement documentée sur toutes ces figures d'artistes oubliées de l'histoire et qui pourtant existaient bien au XVIIIe siècle. Au siècle suivant, une figure importante incarne à elle seule la place, souvent confisquée, des femmes artistes dans l'histoire de l'art : Camille Claudel. On connaît bien souvent son enfermement tragique dans sa relation toxique à son premier mentor Alfred Boucher puis à Auguste Rodin, et ses difficultés à imposer son œuvre en dehors de ces influences masculines. Sa *Correspondance*, publiée chez Gallimard grâce au travail de recherche et de mise en forme d'Anne Rivière et Bruno Gaudichon, laisse entendre sa voix, sa passion pour son travail et la violence de l'emprise de Rodin, particulièrement, tout au long de sa carrière.

Morgane Ortin, la fondatrice du compte Instagram @amourssolitaires, se passionne pour les échanges épistolaires. Elle recueille les conversations intimes d'amoureux et amoureuses qui lui transfèrent leurs textos les plus personnels. Son projet : créer les archives nationales 2.0 de l'amour grâce à ce projet collaboratif. C'est dans les grandes lettres d'amour d'écrivains et d'écrivaines qu'elle nourrit cet intérêt pour les correspondances. Les lettres de Camille Claudel l'ont happée. Mais Morgane Ortin remarque que l'amour y laisse très vite place à la rancœur de la sculptrice, qui décrit avec lucidité et douleur les « griffes » de Rodin : elles l'enserrent et la tiennent captive « après sa mort comme pendant sa vie ». Comme la vague que Camille Claudel sculpte dans l'onyx et le bronze, prête à submerger trois corps féminins dansant main dans la main, l'histoire a longtemps confisqué le pinceau et la plume aux femmes. Mais la « suite de l'histoire » s'invente aujourd'hui avec elles et grâce à elles, aux artistes sur scène, à l'image et dans nos livres.

Correspondance

de Camille Claudel
par Morgane Ortin

À l'époque, j'ai 23 ans. J'ai intégré depuis peu une petite maison d'édition spécialisée dans le genre épistolaire qui s'appelle Des Lettres. Je partage mes journées entre les recoins des bibliothèques de Paris, à la recherche de lettres nichées dans des livres que plus personne n'ouvre depuis des décennies, et mon ordinateur, à réfléchir à la manière la plus percutante de présenter par sa correspondance un auteur ou une autrice à des gens qui n'en sont pas familiers. Un week-end, je me rends à Paris, au musée Rodin. Dans le jardin verdoyant, je me questionne immédiatement : pourquoi les œuvres de Camille Claudel y sont-elles exposées ? Pourquoi cette artiste majeure du XIXe siècle n'a-t-elle pas de musée à son nom[1] ? Comment a-t-elle pu avoir une fin de vie aussi épouvantable alors qu'elle semble être l'une des plus grandes sculptrices du XIXe siècle ? Je décide de partir à la recherche de ses lettres pour tenter de mieux comprendre sa vie, son issue tragique ainsi que sa place dans l'histoire de l'art en tant que femme.

Par chance, l'intégralité de sa correspondance a été publiée aux éditions Gallimard. Je me plonge dans le livre et ne parviens plus à m'arrêter. J'ai l'impression de passer à la machine à laver tant la traversée de sa correspondance est éprouvante, éreintante. Grâce à ses lettres, à leur puissance, leur fougue, leur talent, leur drame aussi, je découvre une puissante figure féminine que j'ignorais jusque-là. Je me sens ravagée par une colère et un sentiment d'injustice si forts que mon ventre se noue et que je ne parviens pas toujours à retenir mes larmes. Je décide alors de diffuser ses lettres le plus largement possible, pour que l'on connaisse son existence et ses écrits par son prisme, et

---

1. Je tiens à noter que, depuis 2017, Camille Claudel a enfin un musée à son nom à Nogent-sur-Seine, dans l'Aube, ville dans laquelle elle a passé son adolescence, anciennement musée Paul Dubois-Alfred Boucher.

non par celui des hommes qui l'entouraient et qui semblent avoir dicté toute sa vie.

Ce livre, je le relis plusieurs fois les semaines qui suivent. J'ai besoin d'en extraire les lettres principales, celles qui ont marqué chaque étape de sa vie tragique. Après l'avoir écumé ainsi, je ne l'ai plus ouvert. Je crois que cette correspondance est trop intense pour en avoir une lecture répétitive. Certaines des phrases de Camille Claudel sont restées en moi comme une chanson qu'on n'oublie pas.

Camille Claudel, « une révolte de la nature » et à la fois la femme « la plus géniale de son temps » comme la qualifiait le critique d'art Octave Mirbeau, est une sculptrice dans un monde d'hommes. Son talent, fait rare pour l'époque, est reconnu. Il est même envié par le maître Auguste Rodin, qui deviendra tout à tour son professeur et son amant. L'artiste est également la sœur de Paul Claudel, grand écrivain chrétien, auteur notamment du *Partage de midi*.

La passion de la terre lui vient très jeune, et personne ne sait d'où. La jeune Camille est rebelle, légèrement tyrannique. Adulte, Paul Claudel décrira sa sœur par ces mots : « Je la revois, cette superbe jeune fille, dans l'éclat triomphal de la beauté et du génie, et dans l'ascendant, souvent cruel, qu'elle exerça sur mes jeunes années. » Camille Claudel sait ce qu'elle veut, dans un monde qui semble pourtant lui faire penser que tout lui sera refusé. Une sculptrice ? Femme ?

Auguste Rodin l'engage dans son atelier. Pendant plusieurs années, Camille réalise les tâches ingrates : préparer et sculpter une partie de la production pour l'avancer. Parmi les immenses œuvres qu'elle l'aide à réaliser, elle aurait taillé les pieds et les mains des *Bourgeois de Calais*, et participé à la *Porte de l'Enfer*. Rapidement, elle inspire le maître, le stimule, lui procure de nouvelles idées. Son talent est hors norme. Rodin, qui est à l'époque un grand séducteur, finit par nouer une relation intime avec Camille. C'est le début des tumultes et des éclats. Les lettres du commencement sont très belles, légères, joueuses, passionnées.

Il lui écrit : « Ma féroce amie, [...] Aie pitié, méchante. Je n'en puis plus, je n'en puis plus passer un jour sans te voir. Sinon l'atroce folie. C'est fini, je ne travaille plus, divinité malfaisante, et pourtant je t'aime avec fureur. »

Elle lui répond : « Je couche toute nue pour me faire croire que vous êtes là mais quand je me réveille, ce n'est plus la même chose. Je vous embrasse. Camille. Surtout ne me trompez plus. »

Leurs influences se mélangent, encouragées par leur amour, tout comme leurs esquisses et leurs ébauches, mais Camille Claudel continue sa propre création. En 1887, *La Jeune Fille à la gerbe* inspire la *Galatée* de Rodin. Camille comprend alors tout de suite qu'elle doit s'éloigner artistiquement du sculpteur. Bien sûr, la réflexion ne vient pas de lui. C'est à elle, en tant que femme, de prouver sa place, son originalité, son unicité. Camille redouble de travail et parvient à s'extirper de son influence, ce qu'on voit clairement dans son œuvre *Sakountala*, en 1888, qui rencontre un franc succès. Dans ses lettres, Camille est sûre d'elle, heureuse, comme elle l'écrit à son frère : « Tu vois que ce n'est plus du tout du Rodin, et c'est habillé ; je vais faire des petites terres cuites. Dépêche-toi de revenir pour voir tout ça. »

Toute la vie de Camille est un combat pour l'indépendance, la liberté, la légitimité à vivre et à créer dans une période et un milieu dominés par les hommes. Forte de ce succès, elle s'installe dans son propre atelier. Elle traverse alors une solitude qui est parfois dure, même si Rodin n'est jamais bien loin. Elle conquiert sa liberté de création. Camille Claudel devient véritablement Camille Claudel. Mais Camille ne supporte pas la lâcheté de Rodin. Pourquoi ne quitte-t-il pas sa compagne pour elle ? À cela s'ajoute son exaspération d'être toujours artistiquement ramenée à la « brillante élève de Rodin ». « Je risque fort de ne jamais récolter le fruit de tous mes efforts et de m'éteindre dans l'ombre de la calomnie et des mauvais soupçons. Ce que je vous dis est tout à fait secret et pour que vous jugiez bien de la situation. » En 1911, ce sentiment se creuse : « Les ovations de cet homme célèbre [Rodin] m'ont coûté les yeux de la tête, et, pour moi, rien de rien ! », écrit-elle à Paul. Sa santé mentale se dégrade et elle devient sujette à de violentes crises paranoïaques. Sa rupture avec Rodin en mai 1894 l'enferme dans une terrible solitude qui, si elle est d'abord assumée, vire au cauchemar. Elle traverse quotidiennement des crises de folie qui surgissent clairement dans ses lettres contre « la bande à Rodin ». Elle ne se lave plus, détruit régulièrement ses œuvres. Elle est persuadée que Rodin veut l'empoisonner. Sa famille la fait interner, au même moment son père meurt. La même année, en 1913, elle écrit : « J'ai dû disparaître avec la plus grande vélocité, et bien que je me rapetisse le plus possible, dans mon coin, je suis encore de trop. » L'artiste refuse alors de sculpter car, selon elle, cela reviendrait à accepter son sort.

À une cousine, elle confie : « Malheureusement, ce n'est pas avec une fleur à la main que je viens vous offrir mes souhaits, c'est avec des larmes dans les yeux. Les larmes de l'exil, les larmes que j'ai versées goutte à goutte depuis que j'ai été arrachée à mon cher atelier. Vous qui connaissez mon attachement à mon art, vous devez savoir ce que j'ai dû souffrir d'être tout à coup séparée de mon cher travail. »

« J'ai dû disparaître avec la plus grande vélocité, et bien que je me rapetisse le plus possible, dans mon coin, je suis encore de trop. »

Sa mère lui interdit toute visite et toute correspondance avec l'extérieur. On ne lui transmet aucun courrier. Seul son frère vient la voir (une douzaine de fois en trente ans). Ses lettres transpirent le désespoir, la solitude, l'abandon, et sont déchirantes à lire. Mais elles me foudroient d'admiration. Grâce à elles, je mesure à quel point elle a été une météorite, un cataclysme qui a marqué l'histoire de l'art.

« Le 3 mars 1927 :

Il y a aujourd'hui quatorze ans que j'eus la désagréable surprise de voir entrer dans mon atelier deux sbires armés de toutes pièces, casqués, bottés, menaçants en tous points. Triste surprise pour un artiste : au lieu d'une récompense, voilà ce qui m'est arrivé ! C'est à moi qu'il arrive des choses pareilles car j'ai toujours été en butte à la méchanceté. Dieu ! Ce que j'ai supporté depuis ce jour-là ! Et pas d'espoir que cela finisse. Chaque fois que j'écris à maman de me reprendre à Villeneuve, elle me répond que sa maison est en train de fondre, c'est curieux à tous les points de vue. Cependant j'ai hâte de quitter cet endroit. Plus ça va, plus c'est dur ! Il arrive tout le temps de nouvelles pensionnaires, on est les unes sur les autres, foussi comme on dit à Villeneuve, c'est à croire que tout le monde devient fou. Je ne sais pas si tu as l'intention de me laisser là mais c'est bien cruel pour moi !... »

Son abandon est total jusqu'à sa mort, des suites de dénutrition. Sa famille n'assiste pas à ses funérailles. De nombreux dessins, esquisses et archives sont détruits. En 1935, elle avait écrit à son marchand et ami : « Du rêve que fut ma vie, ceci est le cauchemar. » Ce à quoi il lui avait répondu : « Le temps remettra tout en place. »

Camille Claudel a passé sa vie entre deux hommes célèbres qui l'ont engloutie.

Ses œuvres sont dévaluées tout au long de son existence. Il faudra attendre des années après sa mort pour que le public se rende compte de l'étendue de son talent. Il s'agit aujourd'hui, plus de cent ans après sa mort, de réparer, de rendre hommage à cette immense femme artiste qui a sombré dans l'oubli. Même si aujourd'hui ses lettres et ses sculptures se vendent à prix d'or, l'irréparable a été commis. L'artiste s'est battue corps et âme pour accéder au droit à la création dans un milieu constitué essentiellement d'hommes : « Cet art malheureux est plutôt fait pour les grandes barbes et les vilaines poires que pour une femme relativement bien partagée par la nature », formule-t-elle dans une lettre en 1905. Elle a également marqué les féministes du XXe siècle puisqu'elle a dû pratiquer au moins un avortement en secret, ce qui à l'époque était très risqué.

Lettre au Dr Michaux :

« On me reproche d'avoir vécu toute seule, de passer ma vie avec des chats, d'avoir la manie de la persécution. Je suis incarcérée comme une criminelle ; pire, aucun avocat ni ma famille ne veulent m'aider à sortir de cet enfer. Je suis privée de liberté, de nourriture, de feu et des plus élémentaires commodités. On fait de moi ce qu'on veut, même mes parents m'ont abandonnée et ne répondent à mes plaintes que par le mutisme le plus complet. »

« Cet art malheureux est plutôt fait pour les grandes barbes et les vilaines poires que pour une femme relativement bien partagée par la nature. »

Sa folie tant décriée ne venait-elle pas tout simplement de son exploitation dans une société d'hommes qui ne la laissait pas prendre totalement son envol ? Ne venait-elle pas de cette lutte permanente pour avoir le droit d'exister, de créer et de briller ? Elle a payé le prix de son talent, de son originalité. Martine Delvaux, dans *Femmes psychiatrisées, femmes rebelles*, écrit que son héroïsme est cause de son exclusion. Pour ma part, je perçois davantage Camille Claudel comme une martyre que comme une aliénée. Son refus de créer alors qu'elle est internée contre son gré n'est pas à mes yeux un renoncement, mais une exigence digne.

La correspondance de Camille Claudel est venue me crier que ce monde fait pour les hommes, nous allions non pas nous y acclimater, mais nous allions le voler. Pour toutes les Camille Claudel qui n'ont pas pu y parvenir comme elles le souhaitaient.

Si Shakespeare avait eu une sœur, elle s'appellerait Judith. Virginia Woolf a tenté de recomposer le fil de sa vie en quelques pages dans son célèbre essai, aux allures de pamphlet, *Une chambre à soi* (récemment retraduit en *Un lieu à soi*). Alors que son frère, féru de théâtre, est parti à Londres, Judith reste à la maison auprès de ses parents. Elle n'a pas la chance d'étudier la grammaire et la logique comme William, et à chaque fois qu'elle ouvre les pages d'un livre, ses parents l'interrompent pour lui demander un service domestique. À 17 ans, elle est fiancée à un fils de négociant du coin, se révolte, prend la fuite et rejoint Londres à son tour. Passionnée par la musique des mots et par l'art théâtral, elle se tient devant l'entrée des artistes, comme son frère quelque temps plus tôt. Le directeur Nick Green finit par avoir pitié d'elle, la recueille. Judith tombe rapidement enceinte de lui : désespérée, celle qui voulait écrire et faire du théâtre préfère mettre fin à ses jours, une nuit d'hiver.

Par ce récit fictionnel, Virginia Woolf rend hommage à toutes les anonymes, empêchées dans leurs aspirations artistiques. En rappelant au début d'*Une chambre à soi* que les femmes n'ont pas accès aux bibliothèques sans être accompagnées par un homme, elle fustige un savoir interdit aux femmes et rappelle les nombreux obstacles sur le chemin de la création et de l'écriture. « Il faudra bien des années encore, je crois, avant qu'une femme ne puisse s'asseoir pour écrire un livre sans se trouver en face d'un fantôme à abattre, d'un rocher contre lequel se briser », énonce-t-elle dans le discours qu'elle prononce en 1931 à la National Society for Women's Suffrage. Les femmes sont entrées en littérature par effraction. Avec comme seules armes leur courage et leur détermination pour arracher au fil du temps le droit à la création artistique.

Autrice de plusieurs ouvrages – *La Révolution du féminin*, ou *Seins, en quête d'une libération* –, Camille Froidevaux-Metterie se définit aujourd'hui comme philosophe féministe. Au cœur de son travail : le corps des femmes. Celui dont les féministes des années 1970 se sont émancipées et libérées, ce corps procréateur vu surtout comme le lieu privilégié de l'oppression patriarcale. Pour Camille Froidevaux-Metterie cet affranchissement a engendré la disparition de la corporalité féminine, son refoulement. Dans ses recherches universitaires, elle remet au contraire le corps sur le devant de la scène et plaide pour une libération incarnée, à l'instar de nombreuses femmes d'aujourd'hui qui entendent bien faire ce qu'elles veulent de leur corps, loin des diktats de la société. « Depuis le début des années 2010, nous vivons une dynamique intense de réinvestissement de ces sujets incarnés par une nouvelle génération de féministes. Peu à peu, on a vu apparaître des revendications ayant trait au corps des femmes dans ses dimensions les plus intimes. C'est ce que j'ai appelé le tournant génital du féminisme », explique la philosophe. Réappropriation de nos intimités, exploration de la sexualité, éclatement des injonctions à une plastique féminine, dénonciation de la grossophobie, prise de pouvoir contre les violences gynécologiques ou obstétricales : les combats sont prolifiques et invitent à un nouveau rapport à nos corps, prônés dans leurs diversités et leurs singularités.

Ces enjeux autour de la corporéité féminine sont certes contemporains, mais Camille Froidevaux-Metterie les explore, portée par le souffle de Virginia Woolf. Elle intitule d'ailleurs son dernier livre *Un corps à soi*, en écho à l'écrivaine, et parcourt ici trois de ses chefs-d'œuvre, nous invitant sur les chemins de la création.

Une chambre à soi, Mrs Dalloway et *Orlando*

de Virginia Woolf
par Camille Froidevaux-Metterie

Si son nom est pour moi une évidence féministe et un point d'ancrage personnel, je me lance néanmoins avec précaution dans ce texte sur Virginia Woolf. Elle est l'autrice devenue iconique d'*Une chambre à soi*, ouvrage-étendard dont le titre se décline désormais de bien des façons (je n'y échappe pas puisque mon dernier livre s'intitule *Un corps à soi*). Au-delà de son œuvre, sa personne même fait l'objet de réappropriations qui sont autant de lieux communs. Qu'elle soit dépeinte comme une bourgeoise hautaine drapée dans le sentiment de sa différence, une mélancolique égocentrée repliée sur ses tourments ou une lesbienne pionnière du féminisme inclusif, ce sont à chaque fois nos fantasmes que nous projetons sur son visage, refusant d'accepter qu'elle soit inclassable, dérangeante, unique. Je ne vais donc pas l'enfermer à mon tour dans une quelconque case, je fais simplement mienne cette définition idéale donnée par Adèle Cassigneul qui présente Virginia Woolf comme « une penseuse de l'altérité, du devenir et de la multiplicité », non exempte d'ambivalences et consciente de ses privilèges, mais profondément animée par « un féminisme incarné » qui se déployait autant dans sa vie que dans ses livres[1].

Pour l'illustrer, ce n'est pas un mais trois ouvrages que je voudrais évoquer ici : un essai, *A Room Of One's Own* (1929), et deux romans, *Mrs Dalloway* (1925) et *Orlando* (1928). Dans cette *Chambre à soi* qui n'est en fait qu'une simple pièce (*room*), Woolf développe une réflexion sur le lien entre femmes et littérature. Si les personnages féminins des romans et des poèmes écrits par des hommes sont des créatures grandioses, dans la beauté comme dans la laideur, dans l'héroïsme comme dans la médiocrité, Virginia Woolf observe qu'elles ne disent rien de la véritable condition de celles qui ont été, tout au long des siècles, propriété de leurs parents puis de leur mari. Il faudra bien un jour, réclame-t-elle, donner vie aux femmes réelles, celles qui

---

1. Adèle Cassigneul, « Déchirer le voile du silence », in *Europe*, « Virginia Woolf », n° 1101-1102, janv-fév. 2021.

n'ont à leur disposition que leur intelligence et leur caractère, qui n'écrivent jamais leurs Mémoires, qui ne laissent « ni drames ni poèmes ».

Cette aspiration traverse le roman *Mrs Dalloway*, qui n'est pas seulement le portrait d'une femme de la bonne société londonienne méditant sur sa vie à l'occasion du retour de son amour de jeunesse et de l'organisation d'une soirée ; c'est aussi celui d'une jeune Italienne s'efforçant de ne pas sombrer face à un mari devenu fou depuis son retour de la Grande Guerre ; c'est aussi celui d'une mendiante dont le chant aux paroles inaudibles traverse le cœur de celles et ceux qui la croisent et les transforme. Ce sont enfin des voix d'hommes qui viennent se mêler à celles des femmes, deux hommes qui cherchent le sens de leur existence et qui ne le trouveront que dans la mort pour l'un, dans le constat exalté de l'amour à jamais perdu pour l'autre.

J'ai revécu plusieurs fois cette journée de juin 1923 qui forme la trame temporelle de tout le roman, elle n'a jamais été la même. Relisant récemment le livre, j'ai réalisé que j'avais exactement le même âge que Clarissa Dalloway, 52 ans, et je me suis demandé : c'est donc cela le tournant de la cinquantaine, ce moment d'une définitive méditation ? Un passage s'est imposé soudain, comme s'il était écrit en lettres de couleur : « mais souvent, ce corps qu'elle habitait (elle s'arrêta pour regarder un tableau hollandais), ce corps, malgré tout ce qu'il savait faire, lui paraissait inexistant – totalement inexistant. Elle avait le sentiment fort bizarre d'être invisible ; pas vue, pas connue ; le problème n'était plus maintenant de se marier, d'avoir des enfants, on était là, à avancer dans Bond Street, au milieu des passants en une étonnante procession assez solennelle, et on était Mrs Dalloway ; même plus Clarissa, non, on était Mrs Dalloway[2]. » Je le sais pour y avoir réfléchi et pour l'avoir éprouvé, les femmes quinquagénaires d'aujourd'hui ne sont guère plus visibles qu'autrefois, absentes des représentations populaires, discriminées dans le monde du travail, exclues du marché amoureux et sexuel, pas vues, pas connues… Ce qui fait de cette question du vieillissement une question centrale dans le féminisme contemporain.

J'ai trouvé sous la plume de Virginia Woolf quelques raisons de croire que nous pouvons réinventer notre âge : « L'avantage de vieillir, se disait-il, en sortant de Regent's Park, son chapeau à la main, c'est tout simplement que les passions demeurent aussi vives qu'auparavant, mais qu'on a acquis – finalement – la faculté qui donne à l'existence sa saveur suprême, la faculté de prendre ses expériences et

---

2. Virginia Woolf, *Mrs Dalloway* [1925], traduction Marie-Claire Pasquier, Folio Classique, 2020, p. 71.

de les faire tourner, lentement, à la lumière[3]. » C'est Peter Walsh qui parle, encore traversé par les fulgurances de son amour pour Clarissa, mais les éprouvant sans plus en souffrir. Tout comme Clarissa réalise, dans le calme et la sérénité, qu'en refusant de l'épouser elle s'est privée d'une vie d'allégresse. Laissons-les tous les deux flotter dans la douceur des sentiments, et revenons au projet de Virginia Woolf pour les femmes.

« Il est indispensable qu'une femme possède quelque argent et une chambre à soi pour écrire une œuvre de fiction », affirme-t-elle dans *Une chambre à soi*[4]. Autant que d'espace donc, les femmes ont besoin d'indépendance matérielle pour créer et, au-delà, pour être libres. Qu'elles en soient privées au nom de leur prétendue infériorité morale et intellectuelle fait exploser sa colère. « Les femmes ont pendant des siècles servi aux hommes de miroirs, elles possédaient le pouvoir magique et délicieux de réfléchir une image de l'homme deux fois plus grande que nature[5]. » Mais, poursuit-elle, dès qu'une femme « se met à dire la vérité, la forme dans le miroir se rétrécit » ; que ce reflet

3. *Ibid.*, p. 165.
4. Virginia Woolf, *Une chambre à soi* [1929], traduction Clara Malraux, 10/18, 2001, p. 8.
5. *Ibid.*, p. 54.

grossissant disparaisse et les hommes cesseront alors de faire les lois et de dominer le monde. Virginia Woolf en est convaincue, un jour viendra où les femmes ne seront plus les faire-valoir passifs de la prétendue puissance masculine, un jour où elles participeront à toutes les activités et à tous les emplois ; elles deviendront alors soldates, marins et mécaniciennes, mais aussi créatrices, artistes, écrivaines.

D'ici là, toute l'énergie féministe doit être mobilisée pour que les filles puissent accéder à l'éducation, car c'est de cela qu'il s'agit aussi dans *Une chambre à soi*. Portée par un fort ressentiment vis-à-vis d'un père qui lui a refusé l'instruction dispensée à ses frères, Virginia Woolf imagine un monde où les écoles et les bibliothèques seraient ouvertes aux filles, un monde où les jeunes des classes populaires pourraient accéder à l'enseignement, un monde où la seule carrière offerte aux femmes ne serait plus le mariage, un monde où « les victimes du système patriarcal » prendraient enfin leur revanche. « Si nous vivons encore un siècle environ [...] et que nous avons toutes cinq cents livres de rente et des chambres qui soient à nous seules ; si nous acquérons l'habitude de la liberté et du courage d'écrire exactement ce que nous pensons ; [...] alors l'occasion se présentera pour la poétesse morte qui était la sœur de Shakespeare de prendre cette forme humaine à laquelle il lui a si longtemps fallu renoncer[6]. » Judith, la sœur « merveilleusement douée » du grand dramaturge, dont Virginia Woolf imagine la vie dévastée par l'impossibilité pour une fille de son temps de prétendre à l'écriture, Judith naîtra enfin, des milliers et des milliers de Judith naîtront, qui se mettront à écrire des « livres de voyages et d'aventures, de recherches et d'érudition, d'histoire et de biographie, de critique et de philosophie et de science ».

Nous y sommes, nous sommes les Judith que Virginia Woolf appelait de ses vœux. Je l'imagine sourire à nous regarder de là où elle se trouve, frappant des heures durant nos claviers de plastique, imprimant, relisant et biffant les pages nées de notre raison et de notre imagination, cette « force créatrice » si longtemps contenue dans les murs des maisons, et que nous voilà désormais libres de faire jaillir. Sommes-nous pour autant affranchies du poids des attentes masculines ? Avons-nous vraiment cessé de renvoyer aux hommes le reflet de leur supposée supériorité ? Parvenons-nous à nous épargner la détestation entre femmes qu'ils ont su si bien organiser et perpétuer ? Virginia Woolf aimait les femmes, elle aimait « leur absence de conventions » et « leur intégralité », mais elle déplorait aussi que les femmes ne s'aiment pas. Je pense que nous

6. *Ibid.*, p. 170-171.

lui devons de la détromper, en faisant de la sororité un *a priori*, non pas dans une posture sentimentaliste de bienveillance les unes vis-à-vis des autres, mais dans un geste proprement politique de respect, d'attention et de soutien[7].

En plus d'espérer et d'annoncer le temps des femmes créatrices, Virginia Woolf a aussi pensé l'écriture par-delà le genre. Elle le fait dans *Une chambre à soi* en imaginant que tout individu possède « deux sexes d'esprit » demandant à être réunis dans le travail de création. Que les femmes soient en rapport avec « l'homme qui est en [elles] », qu'elles s'accomplissent en se débarrassant du carcan de leur condition et de cette « conscience aiguë du sexe » qui a été leur fardeau historique[8]. Elle le fait aussi dans son roman *Orlando*, biographie imaginaire d'un jeune lord anglais qui se réveille un beau jour, à l'âge de 30 ans, transformé en femme. « Orlando se regarda des pieds à la tête dans une longue psyché, n'eut pas l'air troublé le moins du monde, puis s'en fut, probablement, prendre son bain[9]. »

---

7. J'en dis un peu plus dans « La sororité, un *a priori* féministe », *in* Chloé Delaume (dir.), *Sororité*, Points, 2021.
8. Virginia Woolf, *Une chambre à soi* [1929], *op. cit.*, p. 147-148.
9. Viriginia Woolf, *Orlando* [1928], traduction Catherine Pappo-Musard, Le Livre de Poche, 1993.

« Tant qu'une femme pense à un homme, personne ne lui reproche de penser. »

Que produit un tel changement de genre dans une existence ? « Lorsqu'on écrit la biographie d'une femme, remarque Virginia Woolf, il est communément admis qu'on peut renoncer à l'action pour y substituer l'amour. L'amour, a dit le poète, c'est toute l'existence d'une femme. [...] À coup sûr, puisqu'elle est une femme, et une femme splendide, et une femme à la fleur de l'âge, elle va en finir bientôt avec cette affectation d'écriture et de pensée, et se mettre à penser, disons, à un garde-chasse (tant qu'une femme pense à un homme, personne ne lui reproche de penser)[10]. » Il n'en sera rien puisqu'Orlando continuera d'écrire et deviendra une écrivaine célèbre sous la plume de sa biographe. Son existence aura couru du XVIe siècle jusqu'en 1928, Virginia Woolf traversant les siècles pour mieux dérouler les étapes de la condition féminine et parvenir enfin à ce moment où les femmes ont pu faire œuvre

10. *Ibid.*, p. 260.

de création. On sait que c'est la figure aimée de la romancière et poétesse Vita Sackville-West qui a inspiré *Orlando*, roman qui a fait de Virginia Woolf une pionnière de la réflexion sur la fluidité des genres et la nécessaire déconstruction de la binarité féminin-masculin. Je suis attachée pour ma part au contexte dans lequel naissent les idées et refuse de plaquer sur les figures du passé nos grilles d'interprétation issues de décennies de pensée féministe. Je ne veux pas non plus, je le disais en ouverture, étiqueter Virginia Woolf, j'espère simplement avoir donné l'envie aux féministes du temps présent de découvrir une œuvre dont la puissance n'a pour moi aucun équivalent, une œuvre à mille facettes, qu'on peut relire à l'infini et dont le fil rouge est cette injonction salvatrice : écrivez, créez, soyez libres !

Dans *Une chambre à soi*, Virginia Woolf remarque avec sa naïveté ironique dont elle a le secret que peu de livres mettent en scène des femmes comme des personnages-amies. La plupart du temps, elles sont représentées en fonction de leur relation aux hommes. Et pourtant, remarque-t-elle, ceci n'est qu'une partie de la vie d'une femme… Ce passage inspirera l'autrice américaine de bandes dessinées Alison Bechdel dans l'élaboration de son test de Bechdel, dont Alice Coffin vient ici rappeler les règles. Figure importante des luttes féministes et LGBT françaises et internationales, Alice Coffin a choisi de parler de *L'Essentiel des gouines à suivre*, album dessiné en deux tomes signé par Alison Bechdel.

Woolf-Bechdel-Coffin : ce sont justement ces lignages intellectuels et artistiques que notre bibliothèque féministe cherche à mettre en lumière. Pour ne pas s'arrêter à un seul constat désespérant : celui d'une histoire dominée par les hommes artistes et hantée par toutes ces œuvres manquantes, et ces Judith à jamais disparues dans l'anonymat, sans avoir accompli leur œuvre. Dans son texte, Alice Coffin donne à entendre l'intelligence, la joie et l'humour du travail d'Alison Bechdel, et rappelle l'importance que cette autrice a eue dans la représentation de personnages féminins homosexuels. Elle-même, petite fille, a manqué de modèles lesbiens, alors elle se rêvait garçon (un André, jeune homme parfait qu'elle adulait dans son cerveau d'enfant). Depuis, la fillette a grandi et a réalisé un rêve bien plus grand : devenir lesbienne. C'est ce qu'elle explique notamment dans son essai *Le Génie lesbien* : « Faute de modèles auxquels m'identifier, il m'a fallu du temps pour le comprendre. Je me suis découvert une histoire, une culture, un héritage au nom desquels je me bats aujourd'hui, car ils ont bouleversé ma vie. » Elle rend ainsi hommage, dans son livre, aux militantes LGBT qui façonnent l'histoire et changent les lois, mais aussi aux films qui ont marqué son parcours, aux œuvres-oasis qui nous permettent de nous voir et de nous penser grâce à la fiction. « Les productions des hommes sont le prolongement d'un système de domination. Elles sont le système. L'art est une extension de l'imaginaire masculin », formule Alice Coffin. Cet imaginaire se fissure grâce à de nouvelles voix, de nouvelles expressions artistiques dont nous sommes les témoins aujourd'hui. L'œuvre d'Alison Bechdel en fait partie.

Gouines à suivre

d'Alison Bechdel
par Alice Coffin

J'ai renâclé à choisir un vrai livre pour cette anthologie. Je me méfie du primat de légitimité octroyé à l'objet livre sur d'autres types d'écrits ou d'oralités féministes : blogs, discours, *threads*, réunions, slogans, tracts, conversations ou manifestes. Puis j'ai pensé aux *Gouines à suivre* d'Alison Bechdel. Toutes ces formes de créations féministes (ou presque) sont incluses dans les pages de cette bande dessinée. D'ailleurs, Bechdel elle-même semble plus inspirée par sa vie que par les livres. À la question[1] « Quelles

---

1. Posée dans Roz Warren, *Dyke Strippers, Lesbian Cartoonists A to Z*, Cleis Press, 1995.

sont vos influences personnelles et politiques ? », elle ne cite ni ouvrages ni autrices, mais répond : « Plusieurs de mes ex. »

À 60 ans, Bechdel est une star. Sa bande dessinée autobiographique *Fun Home, une tragicomédie familiale*, publiée en 2006, est un best-seller. Elle y relate son enfance en Pennsylvanie et son coming-out raconté en miroir de la vie au placard de son père. Puis *C'est toi ma maman ?* a dessiné, en 2013, les entrelacs de ses relations à sa mère, à Virginia Woolf, à la psychanalyse. Mais avant, il y eut les *Gouines à suivre.*

De 1983 à 2008, Alison Bechdel a publié dans quelque 70 journaux alternatifs plus de 500 planches de cette bande dessinée réunies dans le recueil en plusieurs volumes *L'Essentiel des gouines à suivre*. Katie Brown en fait une bonne description dans *Dyke Strippers, Lesbian Cartoonists A to Z* : « Dans ce strip, Bechdel parle de misogynie, d'amour, de relations, de monogamie, de végétarisme, de féminisme, des droits des animaux, de coming-out, d'environnement, des multinationales, de l'activisme, des droits civiques, de l'hétérosexisme, de thérapie, d'engagement, de politique, de politique et de politique. Ses personnages sont latinas, afro-américaines, blanches, asiatiques, handicapées, butch, fem, minces, grosses, et elles sont toutes féministes. »

Les histoires de Mo, Ginger, Clarice, Toni, Jezanna, Sydney, Raffi, Stuart, Lois, bande de lesbiennes imaginaires, heurtent et transforment le récit politique et médiatique des États-Unis. Bechdel décrit son œuvre comme « mi-éditorial, mi-roman-feuilleton victorien ». « La rencontre entre *The L Word*, la théorie *queer*, Virginia Woolf et un brin de Rachel Maddow[2] », selon la critique Audrey Bilger.

Amanda Gorman, poétesse révélée lors de l'intronisation du président des États-Unis Joe Biden, a déclaré que Toni Morrison avait révolutionné son « esthétique noire et féministe ». Qu'avant de découvrir *L'Œil le plus bleu* elle n'avait jamais « vu un livre avec une fille à la peau foncée et les cheveux crépus en couverture », jamais « lu un livre avec des héroïnes noires », et s'était alors fait la promesse de « toujours représenter des figures marginalisées ». La représentation de celles qu'on ne voit jamais est au cœur des projets littéraires féministes. Dans l'introduction des *Gouines à suivre*, Bechdel dit vouloir créer « un catalogue de lesbiennes » : « Je nommerai l'innommé. Je représenterai l'irreprésenté. Et suivant une méthodologie inductive méticuleuse, j'extrairai l'essence universelle des lesbiennes de ces exemples particuliers [...] »

---

2. Journaliste lesbienne, star de MSNBC.

Mission accomplie. De nombreuses lectrices ont confié que Mo, Clarice et Toni étaient les premières lesbiennes qu'elles avaient rencontrées dans leur vie. Alison Bechdel, par sa célébrité, a ensuite propulsé dans la culture générale des œuvres et figures d'abord cantonnées à une sphère underground.

Les pensées et actions quotidiennes de Ginger, Jezzana, Mo et Toni témoignent de l'importance pour toutes les femmes des représentations lesbiennes. De l'importance du lesbianisme pour le féminisme. Dans *Épistémologie du placard,* Eve Kosofsky Sedgwick explique bien que le lesbianisme a été longtemps perçu comme une « virilisation des femmes ». Avant que l'on comprenne qu'il était « une identification des femmes ». La possibilité pour les femmes de s'identifier comme femmes, sans passer par un regard masculin. C'est exactement ce que raconte le cheminement artistique de Bechdel.

« Je représenterai l'irreprésenté. Et suivant une méthodologie inductive méticuleuse, j'extrairai l'essence universelle des lesbiennes de ces exemples particuliers. »

Pendant longtemps elle ne parvenait pas à dessiner des femmes. « La raison pour laquelle je ne dessinais que des hommes relevait d'un dysfonctionnement psychosexuel. Pas le mien mais celui de notre culture. Une des façons les plus insidieuses par lesquelles la misogynie s'exprime dans le monde réside dans le fait de traiter les femmes comme autre chose que des êtres humains. Cela se repère très bien dans les bandes dessinées. [...] Dans *The Wind in the Willios, The Hobbit, Peter Pan* ou *Winnie l'Ourson*, il n'y a pas de personnage féminin, ou alors il n'y en a qu'un avec un rôle sexué[3]. » L'art a peuplé les imaginaires de figures d'hommes. Ou de figures de femmes fabriquées par et pour le regard des hommes. Ce qui, je l'ai vécu enfant, empêche une petite fille *tomboy* de se projeter en femme. Sauf lorsque, comme la jeune Alison dans *Fun Home*, elle croise une *butch* dans un snack.

Quelques années plus tard, Bechdel dira que c'est en se comprenant lesbienne qu'elle put se comprendre femme. Sa trajectoire d'artiste a suivi la même voie.

« Pourquoi est-ce que je pouvais dessiner une femme si je pensais à elle comme une lesbienne ? Cela avait à voir avec l'acceptation. C'était *safe* pour moi d'être une femme si j'étais une lesbienne. [...] Ça m'avait été impossible pendant

3. Roz Warren, *op. cit.*

longtemps parce que cela me semblait horrible d'être une fille. Mais à ce moment-là, c'était un truc énorme d'être gouine ! [...] Et si au lieu de dessiner des mecs je me mettais à dessiner des gouines ? »

Le chemin qu'il a fallu à Bechdel pour parvenir à représenter ces femmes, toutes ces femmes, explicite les mécanismes de l'art féministe. La création féministe exige de reconstruire des images incrustées dans notre corps, qui l'ont façonné. Il faut le rééduquer, lui réapprendre à se mouvoir, à parler hors de la focale masculine. La méthode de travail de Bechdel est éloquente. Avant de dessiner ses personnages, elle se grime, les mime, puis se prend en photo. Le monde entier repasse par son corps avant de parvenir, transfiguré, sur ses planches.

Elle confie parfois ce travail d'incarnation à d'autres. Cathy Resmer, son assistante, a par exemple posé en Mo, assise devant son ordi, pantalon déboutonné, pour la scène où l'héroïne se fait choper en pleine session de cyber-sexe au boulot.

Le démiurge lesbien conçoit son œuvre comme une œuvre globale, une œuvre-monde. *Gouines à suivre* est aussi le titre d'un site web (dykestowatchoutfor.com). Pour les 25 ans du strip, un journal écrit par les lectrices – fan-fiction et simili *New York Times* – publie des reportages sur les personnages ou une critique gastronomique fictive sur leur restaurant préféré. La recréation d'un monde passe par sa publication journalistique.

Les médias saturent *Gouines à suivre*. Reproductions de journaux, écrans de télévision et extraits d'émissions de radio : Bechdel se fait rédactrice en chef de toute la presse américaine. La critique des médias est permanente. Elle passe par une formulation de l'actualité inconcevable dans la presse *mainstream*. Dans *Le Génie lesbien*, j'ai écrit que je me ferais un plaisir de « titrer sur les hommes blancs » si je possédais un journal. C'est ce que Bechdel a fait. Dans un épisode de *Gouines à suivre*, Sparrow lit des journaux qui affichent en une « Un homme blanc se livre à une fusillade », « Un autre homme blanc se livre à une autre fusillade », « Aut' blanc, aut' fusillade », etc.

Bechdel démolit le mythe de l'objectivité journalistique et encense celui d'un point de vue situé, le sien, celui de ses personnages. C'est leur récit de l'actualité qui prime. Il est particulièrement pertinent puisqu'en tant que femmes, en tant que lesbiennes, leurs vies sont, c'est le propre d'une minorité, régies par des décisions externes. Se marier ou pas, avoir des enfants ou pas ne relèvent pas seulement de décisions individuelles pour les lesbiennes, mais de décisions politiques. Les ouvrages féministes ne peuvent pas s'offrir le luxe de s'abstraire de l'actualité. Les scènes de sexe ou amoureuses sont régulièrement interrompues par une discussion politique. « Tu es comme l'administration Bush, tu manipules le renseignement pour servir ta propre politique », lance Mo à Sydney lors d'une dispute post-infidélité. Cela ne veut pas dire que le sexe n'est pas présent dans *Gouines à suivre*. Une planche a même été censurée. Mais son contenu contredit l'antienne brandie en 2011 par *Le Canard enchaîné* en soutien à Dominique Strauss-Kahn : « L'information s'arrête toujours à la porte de la chambre à coucher. »

Les *Gouines à suivre* peuvent donc se lire comme une sitcom ou comme le long journal des actualités américaines pendant les présidences Bush ou Clinton. En plus d'un corpus d'études universitaires (études de bande dessinée, études lesbiennes, bien sûr, études trans, mais aussi théories *crip* qui mêlent études de genre et études sur le handicap), les théories de l'information ont aussi été appelées à la rescousse pour interpréter ces bulles. Dans « Framing Community from Inside Out [« Cadrer la communauté de l'intérieur vers l'extérieur »][4], les auteurs estiment que : « Dans le monde de ce comic strip, l'information, le comportement envers l'information, et l'échange d'informations jouent un rôle clef pour construire et fixer une communauté (essentiellement lesbienne) entre les personnages. Les différents personnages sont intimement liés aux institutions de production d'information. Mo, le personnage central, et plusieurs autres travaillent dans une librairie. Elles participent à des manifestations, des Prides, des événements politiques. [...] Dans un autre registre, l'information se transmet aussi par le bouche-à-oreille au sein de la communauté, avec des échanges d'infos sur les vies des unes et des autres. » Des *gossips* sur le dernier *drama gouine* aux arguments politiques

4. « Framing Community from Inside Out », Don L. Lathan et Jonathan M. Hollister, *The Comics of Alison Bechdel From the Outside In*, Janine Otell, University Press Scolarship Online, 2019.

qui surgissent lors de confrontations amoureuses, l'intime est perpétuellement lié aux événements extérieurs.

Les conversations entre les héroïnes dans les pages des *strips* ont même donné naissance à des concepts. Le plus célèbre a pour nom le test de Bechdel.

Dans un épisode de 1985 intitulé «La Règle», Ginger détaille à une copine la grille d'analyse qu'elle applique avant d'aller voir un film: «1. Y a-t-il deux personnages féminins? 2. Discutent-elles ensemble? 3. D'autre chose que d'un homme?» Cette conversation est devenue une théorie. Signe féministe, c'est précisément une discussion entre deux femmes, et non un discours de la méthode, qui permet en six cases de BD d'établir une grille de lecture devenue indispensable à la critique ciné. Bechdel pointe d'ailleurs que c'est son amie Liz Wallace qui est à l'origine de cette conceptualisation. Et qu'avant encore, Virginia Woolf avait dans *Une chambre à soi* développé cette thématique appliquée à la littérature.

Woolf est un élément central dans l'œuvre de Bechdel. Elle lui dédie des pages entières. Les chattes de Mo s'appellent Virginia et Vanessa (la sœur de Woolf). D'autres autrices parsèment les pages, l'œuvre de Bechdel est une bibliothèque féministe à elle toute seule. Les couvertures de livres jonchent les cases, au pied des lits ou sur les rayons de la librairie Madwimmin Books, l'un des lieux essentiels des *Gouines à suivre*.

Dykes to Watch Out For
PRESENTS
THE RULE
WITH THANKS TO LIZ WALLACE
WANNA SEE A MOVIE AND GET POPCORN?
COMING SOON!
THE MERCENARY
WELL,... IDUNNO. I HAVE THIS RULE, SEE...
I ONLY GO TO A MOVIE IF IT SATISFIES THREE BASIC REQUIREMENTS. ONE, IT HAS TO HAVE AT LEAST TWO WOMEN IN IT..
NOW PLAYING
BARBARIAN
...WHO, TWO, TALK TO EACH OTHER ABOUT, THREE, SOMETHING BESIDES A MAN.
THE VIGILANTE
PRETTY STRICT, BUT A GOOD IDEA.
NO KIDDING. LAST MOVIE I WAS ABLE TO SEE WAS ALIEN...
...THE TWO WOMEN IN IT TALK TO EACH OTHER ABOUT THE MONSTER.
RAMBO MEETS GODZILLA
WANNA GO TO MY HOUSE AND MAKE POPCORN?
NOW YOU'RE TALKIN'.

L'activité de lecture est au cœur de nombreuses vignettes. Bechdel se permet même quelques conseils, sous les auspices de *Zami* d'Audre Lorde. Ils auraient été utiles à nombre de journalistes qui se sont acharnés sur un passage du *Génie lesbien* du même acabit.

« 1. Y a-t-il deux personnages féminins ? 2. Discutent-elles ensemble ? 3. D'autre chose que d'un homme ? »

Le processus de création propre à la bande dessinée autorise les transgressions. *Gouines à suivre* « représente des identités marginalisées dans une forme elle-même marginalisée » (Vanessa Lauber[5]). Les personnages sont en lutte contre le capitalisme, l'hétéropatriarcat, le racisme, le

5. « L'esthétique hospitalière d'Alison Bechdel dans *In et/et Out* : La théorie *queer*, les comics lesbiens et le *mainstream* ».

nationalisme. En un mot, les normes oppressives. Et la bande dessinée se révèle un medium idéal pour exposer leurs récits à elles.

Dans « (Not) Lost in the Margins: Gender and Identity in Graphic Texts » [« Genre et identité dans les textes graphiques »][6], Marjorie C. Allison analyse comment des autrices comme Alison Bechdel ou Marjane Satrapi « agissent à partir des marges pour défier les normes littéraires, sexuelles et nationalistes à travers leurs textes et leurs illustrations. En jouant avec les marges et les espaces blancs de leurs romans graphiques, elles s'aventurent dans

6. *Mosaic: An Interdisciplinary Critical Journal*, Vol. 47, N° 4, 2014.

un territoire moins arpenté en Occident qu'en Orient dans l'art et la littérature. [...] En Orient il existe une riche tradition d'œuvres d'art cycliques et labyrinthiques. »

Le procédé de lecture induit par la BD est lui-même propice au féminisme. L'œil est actif et doit rebondir d'une case à l'autre. On échappe ainsi à une narration toute puissante de l'Auteur, au modèle d'histoire linéaire, outils phares des récits masculins depuis des siècles. Les cadres des récits patriarcaux sont trop étroits pour les récits féministes. Les autrices se sont employées à les exploser. Soit par le langage, comme Monique Wittig, soit par l'image. Une BD, *Gouines à suivre*, plutôt qu'un livre classique, a offert des références à un public qui en manquait. Une série, *The L Word*, plutôt qu'un film, a donné une visibilité *mainstream* aux lesbiennes.

Cela ne signifie pas que l'industrie de la bande dessinée échappe à la domination masculine. J'en sais quelque chose pour avoir aidé à l'organisation d'une magnifique action du collectif La Barbe au festival de la BD d'Angoulême en 2013. Les barbues, après s'être immiscées sur scène, avaient lu un tract intitulé « Hommes en stock à Angoul'men ». Il commençait par ces mots : « En 2013 après Jésus-Christ, une ville peuplée d'irréductibles mâles résiste encore et toujours aux envahisseuses : Angoulême. » Reste que le statut d'art mineur, moins institutionnel que d'autres, permet à cette pratique culturelle d'offrir un espace à des œuvres féministes. Il n'est pas anodin que, parmi les autrices les plus célèbres de la BD, beaucoup aient opté pour des œuvres visant à représenter les femmes invisibilisées. Je recommande, par exemple, les BD *Hothead Paisan, Homicidal Lesbian Terrorist*, de Diane DiMassa, qui est à Alison Bechdel, qu'elle surnomme avec respect « Votre Majesté », ce que Valerie Solanas est à Simone de Beauvoir. Je les aime toutes les quatre très fort.

Cette visibilité est renforcée par la capacité des bandes dessinées à produire de l'identification. Les *Gouines à suivre* ont changé la vie de milliers de lesbiennes, ont créé des *role models* de fiction quand il n'y en avait pas à la télévision ou dans les journaux. « On ne peut épingler les choses sans les altérer quelque part », estime Alison Bechdel. Et c'est tout l'impact d'un livre féministe. La résonance des œuvres est immense dans l'intime des femmes, comme dans leurs actions publiques. Ces œuvres viennent combler un imaginaire manquant. Sur les murs des villes, les collages féministes affichent des « Aya Nakamura présidente » et des stances de Monique Wittig. Les *Gouines à suivre* vont encore plus loin dans l'incitation au militantisme puisque la BD se lit aussi comme un recueil d'archives de l'activisme féministe lesbien. Slogans, T-shirts des Lesbian Avengers, banderoles ou revues tapissent les cases.

Alison Bechdel est parvenue à exposer au monde le génie lesbien. Dans son introduction aux *Gouines à suivre*, elle s'écrie : « Comment ne pas nous aimer ? Non mais franchement ! Les lesbiennes sont tellement formidables. Libres penseuses ! Végétariennes ! Pacifistes ! Sur le front de toutes les luttes contre l'injustice sociale ! Elles semblent juste… disons… fondamentalement plus évoluées. »

Le féminisme, comme l'activisme et la création artistique, selon la réalisatrice Ava DuVernay, requiert « l'imagination incroyable d'envisager un monde qui n'existe pas encore ». Les *Gouines à suivre* nous l'ont offert. Je crois même qu'elles l'ont fait exister.

Aimer, désirer

Nos révolutions féministes actuelles interrogent aussi l'amour et ses représentations, ses mythes dans lesquels nous avons grandi sans nous en rendre compte. Ils fabriquent ce que l'autrice et militante espagnole Coral Herrera Gómez appelle « l'amour romantique », qu'elle décortique et critique dans ses travaux de recherche. Pour elle, cette utopie émotionnelle collective perpétue le patriarcat à travers un certain nombre d'injonctions plus ou moins dissimulées. Parmi elles, l'idée selon laquelle l'amour est fusion et implique donc le désir de possession : la jalousie ravageuse qui peut pousser au meurtre, le sentiment de ne se sentir complet que dans les bras de l'autre, au risque de l'oubli de soi. Elle s'attaque aussi à l'idée selon laquelle l'amour est éternel, comme le laissent sous-entendre les contes de notre enfance à travers la célèbre mais non moins angoissante formule: «Ils vécurent heureux et eurent beaucoup d'enfants.» Comme si le dénouement d'une rencontre amoureuse, faite souvent dans ces récits d'obstacles à franchir et d'épreuves en tout genre, était forcément la quiétude d'un foyer habité par une famille nombreuse (et tout cela sous le règne absolu du pronom personnel «ils» puisque le masculin l'emporte sur le féminin[1]). Enfin, Coral Herrera Gómez remet en perspective un autre aspect de cet amour romantique: sa puissance destructrice. Pensons à Emma Bovary qui se donne la mort dans d'atroces souffrances à la fin du roman de Flaubert. Après avoir goûté aux délices de la passion dans les bras de ses amants, surendettée, elle s'empoisonne et finit l'œil révulsé. Au loin, dans la rue, on entend cette chansonnette finale: «Souvent la chaleur d'un beau jour / fait rêver fillette à l'amour...»

1. Il est toujours bon de rappeler ici que cette règle orthographique s'est mise en place progressivement au XVIIe siècle, remplaçant la bien plus intuitive (et plus égalitaire) règle de proximité, héritée du latin. Il s'agissait d'accorder en genre et en nombre avec le nom le plus proche dans la phrase.

La militante féministe Rebecca Amsellem s'interroge souvent sur l'amour, sa fabrique et ses clichés. Elle partage ses réflexions dans sa newsletter « Les Glorieuses », qu'elle crée en 2015, augmentée depuis par « Les Petites Glo », pour les adolescentes, et par « #Économie », qui analyse les inégalités économiques liées aux discriminations de genre et de race. La pensée féministe est en tel mouvement, toujours en train de se faire, de s'inventer, de se dessiner, particulièrement depuis la naissance du mouvement #MeToo, que des formes, plus instantanées que les livres, jaillissent et se multiplient. Elles dessinent ainsi les reliefs de nos paysages féministes actuels.

Rebecca Amsellem nous invite donc à repenser l'amour grâce à Alexandra Kollontaï. Nous sommes en 1917 et l'amour romantique est déjà sous le feu de la critique grâce à cette femme politique. La « belle révoltée », ironiquement surnommée ainsi par certains médias de son temps, a bien compris que l'amour n'est pas une donnée immuable, intangible, universelle, mais le produit de la société dans laquelle il se déploie. Si vous ne connaissez pas Alexandra Kollontaï, c'est normal, elle est l'une de ces effacées de l'histoire, pourtant première femme ambassadrice, membre du gouvernement révolutionnaire présidé par Lénine, figure centrale de la révolution d'Octobre, mue par un projet qu'elle ne cessera de proclamer : l'émancipation des femmes. Au cœur de son combat : l'amour. En finir avec sa vision bourgeoise traversée par « l'aveugle, l'exigeant, l'absorbant sentiment passionnel », par le désir de propriété et par « le désir égoïste de s'attacher pour toujours l'être aimé ». Pour Alexandra Kollontaï, il faut laisser exister « d'autres éléments précieux de l'amour », alors capable de se déployer « dans l'unité d'action[2] » et « la création commune ». Beau projet, non ? Contemporain, en tout cas.

---

2. « Place à l'Éros ailé ! Lettre à la jeunesse laborieuse », mai 1923.

« Place à l’Éros ailé ! »

d’Alexandra Kollontaï

par Rebecca Amsellem

J'ai toujours été une amoureuse de l'amour. J'ai dévoré les lettres échangées entre Maria Casarès et Albert Camus. Pleuré toutes les larmes de mon corps en relisant *Heartburn*. Fantasmé le Gauvain de la George. C'est avec cet imaginaire que je suis tombée amoureuse, que j'ai eu le cœur brisé et que je me suis relevée. C'est avec cet imaginaire aussi que je me bats pour tenter de trouver un équilibre entre mon amour de l'amour et mon engagement féministe.

En toute franchise, j'ai souvent ressenti une frustration qui m'empêchait de vivre pleinement mes relations amoureuses. C'était avant que je comprenne à quel point les sentiments amoureux étaient politiques. C'était avant de lire Alexandra Kollontaï. C'était avant de comprendre que tout était lié : le capitalisme, le patriarcat et l'amour.

Un peu de contexte. Lorsque Alexandra Kollontaï écrit « Place à l'Éros ailé ! », nous sommes en 1923. La révolution bolchévique a eu lieu. Les affres de la post-révolution semblent être achevées.

Alexandra Kollontaï. Première femme ministre au monde, sous le gouvernement de Lénine. Une journée internationale des droits des femmes ? C'est grâce à Kollontaï. Le congé maternité de seize semaines ? Kollontaï. L'Union soviétique, premier État à avoir légalisé l'avortement ? Le divorce ? Kollontaï. Kollontaï.

En 1923, Alexandra Kollontaï n'est pas encore ministre, elle donne des conférences sur la situation des femmes à l'université Sverdlov de Moscou.

« Le problème ne peut pas être réglé par une simple application formelle de l'égalité de droits », peut-on l'y entendre affirmer. Elle s'intéresse à l'après-révolution et répond à la question d'un jeune militant sous forme d'essai révolutionnaire : « Quelle place l'idéologie prolétarienne réserve-t-elle à l'amour ? »

Le temps de la révolution peut-il être celui de l'amour ? « Devant le visage sombre de la grande révoltée – la révolution –, le tendre Éros dut disparaître précipitamment. On n'avait ni le temps, ni l'excédent nécessaire de forces psychiques pour s'adonner aux "joies" et aux "tortures" de l'amour. » C'est écrit noir sur blanc dans les pages d'un livre trouvé par hasard sur les étagères de la Bibliothèque publique d'information. Amour et révolution ne sont pas compatibles. Ou, du moins, tant que la révolution n'est pas achevée.

Lorsque je découvre les écrits d'Alexandra Kollontaï, c'est un choc. Une révélation. Un siècle plus tôt, une femme semblait avoir tout compris à la dimension politique de l'amour. Comment ne pas alors penser aux nombreuses questions de militantes que je reçois : « Comment aimer dans une société capitaliste ? », « Est-il encore possible de tomber amoureuse d'un homme ? », ou encore : « À quoi ressemble l'amour dans une utopie féministe ? »

Que répondre ? Je le conçois, l'amour n'est pas le premier thème auquel on pense lorsqu'on parle de révolution féministe. Ou de révolution tout court, d'ailleurs. Et pourtant, il n'y a pas plus politique que l'amour. Kollontaï est lucide : l'avènement d'une société communiste avec ses fondements politiques et économiques novateurs aura des conséquences sur les rapports amoureux. Ces derniers ne sont pas isolés du reste de la société, ils évoluent au gré des valeurs de celle-ci.

En première lecture, on pourrait aisément s'égarer: « On venait l'un à l'autre sans grandes secousses dans l'âme, on se séparait sans larmes ni chagrin », écrit-elle. On pourrait croire qu'elle vante les vertus d'un « Éros sans ailes », un amour semblable à une attraction qui n'affecte pas le cœur: « L'Éros sans ailes n'engendre pas les nuits sans sommeil, ne ramollit pas la volonté, n'apporte pas de confusion dans le travail droit du cerveau. » L'« Éros ailé », lui, plus prenant, apparaît lorsque le premier n'est plus satisfaisant, lorsque la révolution est finie, lorsque Kollontaï prend la plume.

Est-ce cette femme politique socialiste qui aurait la clef permettant de comprendre ce que pourrait être un amour féministe ? Ce dont nous sommes sûres est que l'amour, c'est d'abord de la chance, oui. Un heureux hasard que des personnes se soient, à un moment donné, rencontrées et qu'elles soient disposées à reconnaître ce qu'elles éprouvent. Un hasard heureux qui vient s'ajouter aux actions plus utiles. Son caractère frivole en fait d'ailleurs – presque – tout son intérêt. Cela ne sert à rien et pourtant, c'est tout.

« L'amour est un sentiment profondément social dans son essence », écrit Kollontaï. Dans une société patriarcale, hétéronormée, l'amour est un sentiment qui entre en contradiction avec des normes dans lesquelles les femmes sont complètement désavantagées. Il sert les valeurs morales assignées à la femme : le rôle de mère (fonction de reproduction), le rôle sacrificiel (la famille avant tout), ou encore le rôle d'individu à la recherche de profit (essence même de la société capitaliste). Le fait que certaines relations amoureuses soient interdites alors que d'autres sont célébrées en est la conséquence première. Aussi, selon Kollontaï, le concept de l'amour romantique tel que nous le connaissons est conditionné au rôle que la société veut bien lui allouer. La société bourgeoise, dit-elle en substance, voit dans l'amour un intérêt économique. Son prisme intellectuel étant la lutte des classes, l'autrice analyse l'amour comme un moyen pour la société bourgeoise de faire perdurer la hiérarchie des classes, de génération en génération. Les relations amoureuses ont un rôle majeur dans la survie de la bourgeoisie elle-même ; elle « savait en réalité l'assujettir à ses normes de morale de telle façon que [l'amour] assure ses intérêts de classe ».

Et c'est encore le cas aujourd'hui. La société actuelle voit dans ce sentiment un moyen de protéger la notion de féminité. L'universitaire anglaise Sara Ahmed précise la réflexion de Kollontaï : « L'amour devient un signe de féminité respectable et de qualités maternelles racontées comme la capacité de toucher et d'être touché par les autres. » C'est en partie pour cela que les femmes célibataires sont vues comme des « vieilles filles », alors que les hommes célibataires apparaissent comme des modèles de liberté, de courage et de respectabilité. Sara Ahmed poursuit en mettant en perspective la pensée de Kollontaï avec la notion de race : « La reproduction de la féminité est liée à la reproduction de l'idéal national à travers l'œuvre de l'amour. Il est donc important que les relations amoureuses "reproduisent" la race ; le choix de l'objet-amour est un signe de l'amour pour la nation. »

« L'amour est un sentiment profondément social dans son essence. »

À ce stade de la réflexion, elle a déjà répondu à la question du militant socialiste : la révolution n'oublie pas l'amour. Elle s'attache alors à le définir. « Dans cette société nouvelle, collectiviste par son esprit et ses émotions et que caractériseront l'union joyeuse et les relations fraternelles entre les membres de la collectivité laborieuse et créatrice, l'Éros prendra une place honorable en tant que sentiment multipliant la joie humaine », prédit Kollontaï.

Pour résumer, elle affirme que les relations amoureuses doivent respecter trois principes (elle parle alors de relation hétérosexuelle). Le premier est l'égalité des rapports mutuels, « sans la suffisance masculine et sans la dissolution servile de son individualité dans l'amour de la part de la femme ». Le deuxième est la reconnaissance des droits de chacun·e sans « sentiment de propriété ». Le troisième est une sensibilité réciproque, « la civilisation bourgeoise n'exigeait cette sensibilité dans l'amour que chez la femme ».

L'écueil dans lequel on pourrait tomber serait de croire que l'amour selon Kollontaï ressemble à une partouze géante à Woodstock. C'est faux. On lui attribue même injustement cette citation : « Le sexe devrait être consommé comme un verre d'eau. » La pensée de Kollontaï nous pousse à sortir du lieu commun qui est l'affirmation du « je suis à toi » et « tu es à moi ». Cette proclamation de propriété est, selon elle, une des raisons de l'assujettissement des femmes et un moyen pour les hommes, dans une société hétérosexuelle, de leur enlever des droits. L'absence de propriété n'est donc pas un plaidoyer pour le polyamour mais un moyen pour les femmes de se libérer du joug patriarcal.

Lorsqu'on réfléchit aux rapports de domination dans notre société, on ne peut s'empêcher d'imaginer les conséquences qu'une révolution féministe aurait sur le sentiment qui semble au premier abord le plus pur qui soit. Il n'aurait rien à voir avec ce que nous vivons aujourd'hui. Certaines d'entre nous ne seraient plus terrifiées à l'idée de rencontrer un inconnu qui s'avérerait être un psychopathe, d'autres vivraient sans honte leur·s amour·s et, surtout, il n'y aurait plus de norme à laquelle se référer, plus d'institution ayant l'autorité de valider qui on aime et quand on l'aime. L'amour conjugal serait un choix, l'amour-camaraderie un autre. Aucun des deux ne serait prédominant. Et ces choix représentent une infime partie des possibilités qui s'ouvriraient à nous.

Je pensais qu'il fallait définir l'amour dans une société féministe pour tendre vers cet idéal. J'avais tort. Ce n'est pas l'amour qui doit être pensé, c'est son environnement. Car l'amour n'est que le reflet d'une société et de ses vertus.

Repenser l'amour, cela nous amène de fil en aiguille à repenser le couple, le couple hétérosexuel plus précisément, en tant que structure sociale et culturelle. Et, pour cela, il n'y a pas mieux que la bande dessinée hilarante de Liv Strömquist, *Les Sentiments du prince Charles*. À travers des épisodes fictionnés, des personnages historiques, des réflexions scientifiques, Liv Strömquist décortique la relation amoureuse hétéronormée. Elle analyse les rôles stéréotypés des femmes comme des hommes, faisant du couple un lieu de dépendance et de soumission du féminin au masculin. La bande dessinée s'achève sur ces mots de bell hooks, extraits de son texte

All About Love : « Le prix effroyable que les hommes paient pour avoir le pouvoir sur nous est la perte de leur capacité à donner et à recevoir de l'amour. Là où il y a du pouvoir, il ne peut y avoir d'amour. »

Mais comment sortir de ces schémas et de ces scénarios amoureux ?

Comment s'aimer à égalité ?

En quittant une bonne fois pour toutes l'hétérosexualité ?

En comprenant avec l'écrivaine Monique Wittig, cofondatrice du Mouvement de libération des femmes dans les années 1970 (dont elle s'éloignera cependant), que l'hétérosexualité est un « régime politique » dans lequel les hommes s'approprient les femmes ?

Mais peut-être que la solution est plus simple : remettre le couple à sa juste place, ne plus le voir comme l'unique noyau de nos vies mais comme une forme d'amour parmi d'autres à explorer. Le personnage d'Adélaïde l'a bien compris à la fin du roman de Chloé Delaume, *Le Cœur synthétique* : « Il n'y a que l'amitié et la sororité qui préservent de l'abîme. » L'héroïne traverse le livre avec son célibat, sans qu'aucune expérience conjugale la retienne, sans projet d'enfant. Et la voilà qui finit sa vie entourée d'une communauté de filles, « les guerrières », ses amies à vie, quand aucun couple hétérosexuel n'a perduré. De vraies « culottées », pour reprendre le titre de l'album best-seller de la dessinatrice de bandes dessinées Pénélope Bagieu. Dans *Culottées*, elle raconte la vie de femmes qui ne font que ce qu'elles veulent. Reine des bandits, guerrière apache, gardienne de phare ou activiste de bonne famille : leur destin est entre leurs mains et elles n'ont pas attendu qu'un mari leur dise quoi faire et où aller. Ni que l'amour dicte ses lois.

Les Sentiments du prince Charles

de Liv Strömquist
par Pénélope Bagieu

J'ai rencontré l'œuvre de l'autrice suédoise Liv Strömquist alors que j'étais à un salon de bandes dessinées en Suède, pour mon livre *Culottées*. Je suis tombée sur *L'Origine du monde* et rien qu'en feuilletant deux pages j'ai commencé à pouffer de rire. Je l'ai rapporté à mon hôtel en me disant que je le continuerais plus tard... Et je n'ai pas enlevé mon manteau pendant une heure, je ne pouvais pas m'arrêter. Je me souviens que je faisais des pauses pour prendre en photo des passages ou pour reprendre ma respiration tellement je riais ! Dans cette bande dessinée, Liv Strömquist décortique la construction du sexisme, le dégoût pour le corps des femmes et la construction historique, religieuse de la haine des femmes. Je repense à ce moment génial dans lequel elle explique qu'autrefois on pensait que les femmes tombaient enceintes uniquement quand elles avaient eu un orgasme. Il y a une vignette où on voit un homme dire à sa femme: «Mince, tu crois que je t'ai mise en cloque?» «Non pas de souci, c'était super chiant», répond le personnage féminin. Cette vignette me fait hurler de rire: ce décalage entre la situation et les dialogues, tranchants, c'est tout le talent de Liv Strömquist. C'est vraiment un génie de la comédie.

J'ai lu juste après *Grandeur et décadence*, sa bande dessinée sur le capitalisme, puis *I'm every woman*, sur les femmes, nombreuses, qui se cachent derrière les grands hommes. Je parlais de cette dernière découverte sur les réseaux sociaux et quelqu'un m'a dit: «Mais alors, ça veut dire que tu n'as pas encore lu *Les Sentiments du prince Charles*? Tu vas voir, c'est encore plus pointu sur la dissection du couple hétérosexuel et du sentiment amoureux.»

Et voilà, j'ai couru dans une librairie pour acheter *Les Sentiments du prince Charles*.

Aujourd'hui, c'est le livre que je passe mon temps à prêter à des ami·es qui ne me le rendent pas! Il y a un peu une lâcheté dans mon entourage quand je dis en l'air: «À qui j'ai prêté mon Liv Strömquist?», parce que personne ne répond jamais... Mais je suis heureuse de savoir que ce livre circule, que les gens à qui je l'ai prêté vont peut-être le conseiller à d'autres et que la bonne parole fait son chemin.

Dans cette bande dessinée, Liv Strömquist part du principe que notre vision de l'amour est une religion, un mythe et que, encore au XXIe siècle, on croit dur comme fer au couple hétérosexuel monogame et à sa structure inébranlable. J'ai grandi, comme beaucoup, dans l'idée que c'était un absolu, sans jamais le remettre en question. Pour le déconstruire, l'autrice part de présupposés qui nous habitent et auxquels on est tellement habitués qu'on ne les questionne même plus.

Elle commence par exemple à analyser d'où provient le ressort comique largement utilisé du dénigrement des femmes par les hommes. Le fameux « Ma femme m'emmerde »... Liv Strömquist s'appuie sur des études faites par une sociologue, Nancy Chodorow, sur les rôles très différents tenus par le féminin et le masculin dans le couple, et donc dans le lien aux enfants au sein de la famille hétéro normative. D'un côté, il y a la figure paternelle associée à l'indépendance, et de l'autre la figure maternelle associée à l'expression des émotions. Les mères incarnent donc un modèle, celui de l'écoute, de la consolation, de l'attention, du soin, comme le souligne d'ailleurs un sondage que l'autrice rapporte dans l'une de ses vignettes :

Les petites filles grandissent avec ce modèle et vont chercher inlassablement à se définir à travers le bien qu'elles prodiguent autour d'elles. Quand on s'inquiète pour notre amie qu'on sent aller mal ou qu'on cherche à tirer les vers du nez à notre compagnon qui ne dit rien, c'est aussi un moyen de validation de nous-mêmes, nous dit l'autrice. Les petits garçons, eux, construisent leur identité en se distinguant de leur mère et de ce qu'elle incarne. Liv Strömquist conclut ainsi cette première analyse qui ouvre *Les Sentiments du prince Charles* : « Les filles : orientation relationnelle totale. Se voient comme l'unique objet dans un monde rempli de sujets » ; « Les garçons : autonomie et isolement total. Se voient comme l'unique sujet dans un monde rempli d'objets. » En fait voilà, les hommes se demandent comment répondre à leurs besoins ou comment trouver leur intérêt dans toutes les situations, là où les femmes construisent leur estime d'elles-mêmes à travers les autres. « Tout cela produit deux sous-types narcissiques qui ont besoin l'un de l'autre pour exister et se construisent sur une hétérosexualité forcée. » Cette construction sociale avec un pôle masculin et un pôle féminin très distincts crée évidemment un dialogue difficile dans le couple et nourrit des années et des années de blagues (et pas seulement…) à l'encontre des femmes, toujours en demande, toujours insatisfaites, bref, un peu « chiantes ».

Quand j'ai lu ça, c'était une épiphanie : ça permet d'inscrire les rapports hommes femmes et les logiques du couple hétéro dans un système. Du coup, j'ai commencé à voir différemment mes discussions avec mes amies, celles où on se dit : « Ah, c'est fou, ton mec, c'est le même que le mien… » En fait, ce n'est pas que ton mec est égoïste, c'est juste qu'il a emboîté le pas d'un scénario pré-écrit dès l'enfance. C'est donc structurel et non pas des cas individuels ou conjoncturels.

« Les filles : orientation relationnelle totale. Se voient comme l'unique objet dans un monde rempli de sujets ; Les garçons : autonomie et isolement total. Se voient comme l'unique sujet dans un monde rempli d'objets. »

Ça me fait penser à un garçon avec qui je sortais quand j'étais jeune. Il ne jurait que par un livre qui est vraiment « le contre-livre » des *Sentiments du prince Charles* : c'est un essai américain, *Les hommes viennent de Mars et les femmes viennent de Vénus*. Il décrit comment agissent les hommes et les femmes dans des situations données, mais sans jamais s'interroger sur les racines de ces comportements. Les seules raisons qui sont invoquées, ce sont la magie ou la biologie ! Et je me souviens que ce garçon, quand il était grognon, c'était ma croisade et mon devoir de savoir ce qu'il avait. Je devais lui remonter le moral et je me targuais d'être une bonne oreille, toujours à l'écoute. Mais il me répondait quelque chose du type : « Oui, ça va pas, mais nous les mecs on a besoin d'être dans notre caverne quand ça va pas... Tu sais, c'est très agaçant quand les femmes nous poussent à parler. Je l'ai lu dans *Les hommes viennent de Mars et les femmes viennent de Vénus* ! » Bon.

Et puis plus tard, j'ai compris que ce qui peut aider dans le couple hétéro, c'est d'être avec un homme qui a vu un·e psy parce que tout ce travail émotionnel et psychologique (anticiper les besoins des autres, être agréable, écouter) qu'on est tellement habituées à faire en permanence vis-à-vis de nous et même des autres, en tant que femmes, eh bien c'est à eux de le faire aussi. Cette idée m'a vraiment sauté aux yeux quand Liv Strömquist explique que nous faisons tout le temps le même job, celui d'infirmière ou de « bobonne », en tant que femmes, et qu'on en tire un sentiment de valorisation. Elle illustre cette idée en prenant l'exemple de couples hétérosexuels célèbres, comme Ronald Reagan et sa femme, Nancy Reagan, qui a été à son chevet pendant toute la fin de sa vie. Je peux aussi citer le cas Ingmar Bergman : quand sa femme est tombée malade d'un cancer du sein, c'était trop dur pour lui, le pauvre, et il a préféré laisser leur fille s'occuper d'elle.

Ce qui est génial chez Liv Strömquist, c'est qu'elle déshabille de tout romantisme et de toute théâtralité nos scénarios amoureux, ou ce que j'appelle « les trucs nuls » de l'amour !

Un autre exemple : cette idée selon laquelle un homme qui critique une femme, se moque d'elle, l'humilie sera attirant à ses yeux. « Être repoussée étant super angoissant, on a encore plus besoin de l'approbation des hommes qui nous repoussent », explique avec une pincée d'humour Liv Strömquist. Elle consacre tout un passage à décortiquer ce lieu commun pour nous en montrer tout le ridicule mais aussi toute la violence. Elle souligne même dans une vignette que c'est un fait bien connu qu'un certain Neil Strauss a théorisé dans son manuel de la drague *The Game*. Il appelle ça le « *neg hit* », l'objectif étant selon ses mots de « porter un coup à l'amour propre d'une femme tout en prétendant ne pas être intéressé par elle ».

Au fond, la mécanique commune à tous ces scénarios, je crois, moi, que c'est vraiment la haine des femmes... Je pense que ces hommes qui participent à ces situations décrites dans la bande dessinée les haïssent tout en ayant besoin d'elles.

Toutes ces réflexions sont nourries chez Liv Strömquist par beaucoup de références philosophiques, scientifiques, historiques qu'elle mentionne toujours dans ses vignettes. Elle indique beaucoup de dates, de chiffres pour étayer son propos. On pourrait croire que sa méthode est ardue, mais elle fait en permanence de la comédie. Tout le monde lit *Les Sentiments du prince Charles* d'une traite et je ne connais absolument personne qui n'ait pas été complètement emballé par ce livre. Moi je trouve d'ailleurs que c'est un cadeau qu'on devrait faire automatiquement à tout le monde : un petit pack avec dedans *L'Origine du monde, Les Sentiments du prince Charles* et *Grandeur et décadence.*

Une fois qu'on a lu les trois, on a envie de tout péter, et on y voit très clair.

Je me rends compte que c'est vraiment la littérature qui m'aide à avancer. Pour moi, il y a le choc de *King Kong théorie,* mais il y a aussi l'épiphanie Liv Strömquist. En lisant ses bandes dessinées dans nos constructions de femmes, ou même d'hommes d'ailleurs, on gagne une vitesse. Immédiatement. On ne peut pas continuer son chemin exactement pareil après cette lecture.

Il y a des livres qui multiplient les petits chemins de traverse, d'autres qui tracent des grandes voies dans nos corps et dans nos cœurs, font du monde un autre paysage, plus vivant, plus juste, plus lumineux. L'œuvre entière de l'écrivaine Annie Ernaux est tout cela à la fois : l'irruption d'une pensée restée jusque-là inconsciente ou informe, la mise au monde d'une partie de soi grâce à ses mots, le sentiment de ne plus être seul·e avec son histoire, avec sa honte, avec sa colère.

Alors, bien sûr, pas de bibliothèque féministe sans Annie Ernaux.

En 1991, elle signe *Passion simple*: dans ce livre, elle dissèque son amour obsessionnel pour un homme, A. Le monde n'existe qu'à travers le corps, l'odeur, la présence de cet être aimé. La critique, très majoritairement masculine, a accueilli l'ouvrage avec un certain mépris. « Un auteur homme n'aurait jamais essuyé ce genre de critiques ! A-t-on reproché à Goethe d'écrire *Les Souffrances du jeune Werther*? Les hommes ont le droit d'écrire sur la passion sans qu'on les emmerde et pas les femmes. Elles doivent rester à leur place et être aimées (ou pas) ! », s'exclame l'écrivaine dans un entretien publié dans la revue féministe fraîchement née, *La Déferlante*. Pour elle, *Passion simple* est un « antiroman sentimental » car l'aliénation du « je » par son désir pour l'homme aimé est mise à distance, racontée avec lucidité grâce à une écriture blanche, crue, concrète, violente, sans pudeur ni élans émotionnels.

Attente, obsession, passion, ce sont aussi les moteurs du personnage d'Annie Ernaux (l'écrivaine se met en scène à la première personne) dans *L'Occupation*, un autre de ses grands textes. Pour l'écrivaine Nina Bouraoui, ce livre est un ami, un compagnon sur le chemin de ses amours.

Si l'on remonte quelques décennies en arrière, Nina Bouraoui a 16 ans. Elle sait depuis l'enfance qu'elle aime les femmes, mais l'adolescence tombe comme un couperet. Déjà petite fille, elle entend sa grand-mère chuchoter à sa mère : « Celle-là sera intellectuelle ou lesbienne. » La honte se distille. Au lycée, premier coup de foudre, première trahison, et la haine de son homosexualité s'installe. Ce sont des années d'empêchement, de gêne, de violence contre son propre désir. Elle trouve la paix dans le territoire de l'écriture, dans la langue qu'elle déplie et qui console alors de tous les exils. Dans son dernier roman, *Otages*, son personnage principal, Sylvie, est une femme sans histoire mais qui, au creux de sa chair, accumule les petites et grandes violences, celles des hommes, celles du travail, celles du monde. Elle porte ses fardeaux sans les penser, sans les dire, jusqu'à un jour éclater. « Tout faire péter », nous disait Adèle Haenel dans le premier chapitre de ce livre... Dans *Otages*, tels sont les mots de Sylvie : « Il nous manque un truc, les femmes. Il aurait fallu une défense. Un truc égal à leur sexe, à cette puissance-là. Qui nous donnerait enfin la confiance et donc le pouvoir. Les hommes gouvernent le monde car ils n'ont pas peur. Ils ont des ailes quand nous, nous piétinons dans la vase. »

Mais les livres sont là pour nous aider à redresser la tête. Dans son essai *L'écriture comme un couteau*, Annie Ernaux parle de certaines de ses lectures fondatrices : « De là me vient, je crois, la certitude que la prise de conscience, si elle ne résout rien en elle-même, est le premier pas de la libération, de l'action. » Grâce à la rencontre entre Nina Bouraoui et Annie Ernaux, cette bibliothèque féministe pourrait être à son tour le lieu d'une prise de conscience dans la fabrique de nos sentiments amoureux.

L'Occupation

d'Annie Ernaux
par Nina Bouraoui

L'œuvre d'Annie Ernaux est un château. L'écrivaine a écrit son enfance, sa jeunesse, son rapport à l'instruction, au savoir, comme moyen d'émancipation sociale, son histoire du corps, de la violence à la jouissance. Il est impossible de se tenir à l'extérieur de son écriture, voix hallucinante et hallucinée du monde, des êtres. Son sujet est universel, sa trame, intime.

Annie Ernaux a fait vœu de vérité, restituant au plus près le réel sans le trahir ; écrivaine féministe, engagée, elle opère sa révolution au centre de ses livres qui sont et seront les traces d'une époque, les empreintes d'une tragédie, celle des femmes assignées à la grande solitude de leur corps. Je pense à *La Femme gelée*, portrait d'une femme des années 1960, à *L'Événement*, récit d'un avortement, dans les années 1960 également, à *Mémoire de fille*, récit du premier rapport sexuel, de la première nuit qui viendra hanter sa vie de femme adulte.

Au vœu de vérité s'ajoute l'abandon de soi, conscient, éperdu, splendide – raison majeure de mon adoration.

Ni honte, ni regret, Annie Ernaux ne se cache pas, elle révèle, s'implique, clame notre propension à vaciller, à tomber, à nous égarer.

Annie Ernaux est une écrivaine dont on lit l'œuvre complète, pour la comprendre et s'en nourrir. *L'Occupation* fait partie, pour moi, d'une sorte de triptyque, avec *Passion simple* et *Se perdre*; les trois récits se tiennent sur la même ligne, tendue et fragile, tous trois écrits dans une fièvre amoureuse. Découvert à sa sortie en 2002, je relis chaque année *L'Occupation* pour sa virtuosité. Il escorte mes défaites et mes ravissements, le lisant sans délier l'autrice de la femme que je suis – s'y inscrivent de vraies leçons d'écriture à la manière d'une leçon de musique. Chaque note y compose une partition qui hante et révèle le chant de nos démons.

Il a accompagné mes solitudes, les ornant, les habitant. Je crois au pouvoir vaudou des mots.

« Le geste d'écrire, ici, n'est peut-être pas si différent de celui de planter des aiguilles. »

L'Occupation est le récit chirurgical d'une obsession. Obsession d'une femme pour une autre qui a pris sa place auprès de l'amant quitté puis regretté. La jalousie qu'elle lui inspire la dévore, la consume, comme un amour inversé, aussi prenante, aussi puissante.

Son désir est désir de vengeance – retrouver l'amant, le ramener à soi –, mais aussi désir de punition, de châtiment, l'autrice s'imaginant inférieure à sa rivale.

Paris devient le territoire de l'occupation. Toutes les femmes SONT la femme. Toutes les rues mènent à elle. Son implication entière, totale, dans la pensée de l'Autre est une forme de dédoublement.

« Le plus extraordinaire dans la jalousie, c'est de peupler une ville, le monde, d'un être qu'on peut n'avoir jamais rencontré. »

Longtemps Annie Ernaux aura décrit les classes et les luttes qu'elles se livrent. Radiographiant le couple, la vie conjugale, l'impossibilité d'y trouver sa place sinon par la sexualité, langage tribal, secret – sexualité décrite ici avec un hyper réalisme qui n'est pas obscène, mais aussi précis que celui d'un lieu, d'une pensée, d'une réflexion, d'un espace retrouvé et qui fait désormais partie du «temps d'avant» (à Venise, les façades du San Giorgio et du Redentore) –, elle rallie son œuvre intime à son œuvre politique : il est encore question de forces qui s'opposent, de domination, de soumission, de la raison comme unique moyen d'échapper à la dictature des passions.

«Dans cet évidement de soi qu'est la jalousie, qui transforme toute différence avec l'autre en infériorité, ce n'était pas seulement mon corps, mon visage, qui étaient dévalués, mais aussi mes activités, mon être entier.»

«Le geste d'écrire, ici, n'est peut-être pas si différent de celui de planter des aiguilles.»

Annie Ernaux restitue le labyrinthe d'une métaphysique du chagrin – les envolées et les descentes, les croyances, les fantasmes et l'imaginaire, la volonté de posséder l'objet perdu pour restaurer l'image de soi, abîmée par l'obsession de l'Autre, rabaissée par l'emprise de celle et de celui dont les silhouettes finiront par se dissiper dans les brumes de l'oubli.

L'Occupation fut un phare dans mes nuits, un livre-talisman qui traverse, avec moi, les années, les histoires, les espérances et les désillusions. Je crois en la fraternité de la littérature, à cette filiation ; lire c'est aussi, parfois, « se » lire, les livres sont miroirs, amis, formant une famille de papier qu'on a choisie parce qu'elle nous ressemble, nous enveloppe et nous électrise. J'ai découvert le livre pendant une année de solitude, le relisant ensuite régulièrement, m'y trouvant ou m'y retrouvant comme si tous les chemins amoureux étaient tracés des mêmes sillons. En lisant l'Annie Ernaux amoureuse, il m'a souvent semblé marcher dans ses pas, comme si elle savait, mieux que personne, les tourments de l'âme et du cœur, comme si elle en connaissait aussi les remèdes. C'est un livre que j'ai beaucoup offert, en antidote, médicament, baume. Annie Ernaux est extralucide, elle décrit aussi bien la « structure » sociale, sa défaillance, que l'empire des amants.

Annie Ernaux est une grande amoureuse, elle plonge sans filet dans ce qui blesse et elle se relève dans la lumière de ses mots sans d'ailleurs la chercher – lumière qui me fait penser à un rai de soleil sur une falaise abrupte.

Les histoires façonnent nos imaginaires, elles déposent en nous des modèles à imiter, des scénarios à suivre. Notre manière d'aimer et de désirer se nourrit elle aussi de tous ces récits qui nous bercent depuis l'enfance. Dans un texte drôle et instructif, *Je suis une fille sans histoire*, l'écrivaine Alice Zeniter s'intéresse justement à la construction de nos fictions dans la littérature occidentale. Elle y explique que les bons récits « sont souvent l'histoire d'un mec qui fait des trucs. Et si ça peut être un peu violent, si ça peut inclure de la viande, une carabine et des lances, c'est mieux… » Les femmes invisibilisées de ces aventures héroïques sont réduites à des rôles passifs, de second rang, et la grande majorité de nos histoires s'est échafaudée sur ce schéma fictionnel tacite. Alice Zeniter analyse le regard masculin surplombant et s'amuse à donner l'exemple des blasons amoureux. Ce sont le plus souvent des sonnets, la forme la plus canonique en poésie, écrits par des hommes très amoureux, souhaitant déclarer leur flamme à celle qu'ils aiment. Ils dépeignent leur corps telle une mosaïque sans unité : joues, cheveux, lèvres, tétons, tout y passe, sans que l'écriture dessine la femme en entier. Le désir masculin tout-puissant morcelle et domine en mettant en scène et en racontant des corps jeunes, beaux, désirables qu'il regarde avec insistance.

Mais les lignes bougent et ce livre entre vos mains en est la preuve. Alice Zeniter achève son propre texte en rendant hommage aux histoires qui pendant longtemps n'ont jamais été dites. De plus en plus d'écrivaines s'en emparent. Elles s'appellent Virginie Despentes, Toni Morrison ou encore Monique Wittig, « une assemblée de guérillères » qui nourrissent son désir d'écrire et déploient dans ses yeux de nouveaux horizons littéraires.

Le roman *I Love Dick* fait partie du panthéon littéraire féministe d'Alice Zeniter. Écrit par l'Américaine Chris Kraus, il raconte l'histoire d'une femme qui veut créer et aimer, et dont le désir palpite. Quand le livre sort en 1997, il est moqué : on dit de lui qu'il a été « sécrété plutôt qu'écrit », ce qui rappelle étrangement le type de critiques essuyées par Annie Ernaux lors de la parution de *Passion simple*... Réédité quelque temps plus tard, en 2006, c'est un succès fracassant. Devenu très populaire aux États-Unis, il a été adapté en série télévisée et traduit en français par Alice Zeniter. Séduite par cette exploration du désir féminin à travers le personnage de Chris, elle le place naturellement dans les étagères de notre bibliothèque féministe idéale.

I Love Dick

de Chris Kraus
par Alice Zeniter

I *Love Dick*, de Chris Kraus, est le premier roman que j'ai traduit, ce qui veut dire que je l'ai lu et relu pendant des mois, je me suis installée dans chaque phrase, j'ai patienté devant chaque virgule, trituré chaque syllabe. J'ai une relation particulière à ce livre, forcément. Le directeur littéraire de Flammarion m'a proposé de le traduire en 2015, c'est-à-dire vingt ans après la première parution du roman, demeurée confidentielle. Au téléphone, il m'a expliqué qu'il y avait des enchères pour acquérir les droits et il voulait savoir rapidement si j'étais intéressée. Je suis rentrée chez moi et j'ai commencé à lire le PDF qu'il m'avait fait suivre. Après deux heures, je me suis demandée, complètement perdue : « Mais qu'est-ce que c'est que cet ovni ? » Jusque-là, j'avais lu beaucoup de théorie féministe[1], peu de mises en fiction ou de récits de vie qui tournaient autour des mêmes questions. Et la théorie, par définition, ordonne une pensée, agence ses réflexions pour (se) donner à comprendre. Elle a une ligne claire. Je m'imaginais donc que les penseuses féministes que j'avais lues avaient mené leur vie sur cette même ligne, dans la plus grande clarté intellectuelle qui soit, à chaque moment. Elles prenaient un aspect irréel, quasiment super héroïque, et je les trouvais lointaines, presque inatteignables. Pour cette raison, je ne me disais pas féministe : je ne me sentais pas au niveau. Or, *I Love Dick* est le contraire d'une pensée soigneusement déroulée, c'est un bordel constant[2].

I Love Dick est une histoire de désir (celui de Chris pour Dick) qui veut être dit et scruté, sous tous les angles possibles : c'est « une étude de cas », écrit-elle. Chris est néo-zélandaise, juive, artiste, marxiste, et lorsque le roman commence, elle vit à New York depuis vingt ans et elle est mariée à un philosophe, Sylvère, depuis dix ans. Elle est à la

1. C'est faux. En réalité, je relisais *Le Deuxième Sexe* en boucle et je piochais ailleurs de temps à autre.
2. En apparence. La fin de ce livre, comme celle de *Dans la fureur du monde*, me paraît révéler qu'en réalité Kraus maîtrise tout à fait la construction de ses romans.

fois un personnage de roman et la voix de l'autrice : le livre commence à la troisième personne, en présentant « Chris Kraus, une vidéaste expérimentale de 39 ans », et alterne avec la première personne employée dans les lettres et les carnets de Chris. Dès la première page, Chris et Sylvère rencontrent Dick, et Chris a l'impression que, durant la soirée, elle et Dick ont vécu une sorte de « baise conceptuelle ». Elle le dit à Sylvère. Après avoir lu des histoires de femmes adultères qui se terminaient presque toujours dans le sang (suicide ou assassinat), je suis restée ébahie devant le triangle amoureux que propose la première partie du livre : Sylvère n'est pas gardé à l'écart du désir de sa femme pour un autre homme. Il en devient au contraire le confident et le complice, il a une place pour s'exprimer (« c'est comme si nous étions l'Institut de la Recherche émotionnelle ») et il ne s'agit pas ici de donner sa bénédiction ; il peut dire sa jalousie, son agacement, sa tristesse ou son amusement paternaliste[3]. Ils rient aussi, beaucoup, et ils corrigent leurs lettres pour les rendre plus belles. Le désir ne détruit pas tout, n'efface pas tout – me disait ce livre. Il n'est ni mortel ni honteux. Il ne te conduira pas à te jeter sous un train, comme Anna Karénine, il n'équivaut pas à une trahison de

---

3. Sylvère étant plus vieux, plus riche, plus éduqué et plus célèbre que Chris, il a une certaine tendance au paternalisme.

l'homme avec qui tu partages ta vie, il n'est pas une défaillance dans le logiciel du couple dont tu serais responsable. Il peut être l'occasion d'un grand atelier.

« QUI A LE DROIT DE PARLER ET POURQUOI ? ai-je écrit la semaine dernière, C'EST LA SEULE QUESTION. »

Par ailleurs, dans la plupart des romans que j'avais lus jusque-là, j'avais trouvé peu d'expressions du désir féminin. L'amour était là, certes, mais le désir charnel d'une femme pour un corps d'homme était quasiment inexistant, peu raconté. C'est ce que Chris appelle dans le roman « Le Conte de la Chatte Coite », privée de l'expression de son désir. Bien sûr, elle décide de s'en extraire. J'avais eu plusieurs fois la même envie mais je suis incapable d'écrire ces scènes que je voudrais lire : je rougis, je m'emmêle, j'ai l'impression d'avoir atteint un stade pornographique alors que j'ai vaguement évoqué des caresses. En traduisant *I Love Dick*, j'ai pu écrire des expressions de désir crues, j'ai tapé sur mon clavier « je mouille constamment », j'ai utilisé le verbe « baiser » et je ne les ai pas effacés ensuite, parce que ce n'était pas mes mots.

Et puis, à force de fréquenter ce livre assidûment, j'ai trouvé un sens à son côté chaotique. *I Love Dick* juxtapose des états de Chris qui peuvent paraître contradictoires mais qui disent l'extrême difficulté qu'elle éprouve à maintenir une certaine position, quand bien même elle se décrit comme « une féministe pure et dure ». Dans une conversation avec son ami Warren[4], elle affirme, par exemple, sa volonté de devenir « un monstre-femme » (car les artistes monstres sont toujours des hommes) et elle s'imagine comme le Blob, dévorant tout sur son passage. Mais dans une autre scène, on la voit se faire prêter une robe pour une soirée par Louise Bourgeois qui lui dit : « Ton seul espoir, c'est d'épouser un critique ou un universitaire. Sinon tu

---

4. C'est un autre aspect du livre qui me touche, quand bien même il contribue à une certaine difficulté de lecture. Kraus nomme toujours les amis avec qui elle a eu les conversations dont sont nées certaines de ses pensées, considérant ces temps de parole comme un travail collectif pour produire quelque chose. Le récit est donc émaillé de prénoms qui apparaissent et disparaissent sans qu'on en rencontre vraiment les porteurs.

vas mourir de faim. » Et Chris acquiesce à cette vérité. Cette scène de sororité est elle-même contrebalancée par la mise en compétition que Chris exprime à plusieurs endroits du livre entre elle et d'autres femmes pour qui elle éprouve une jalousie amère. Et ce constat qu'il lui faut être entretenue par un homme pour poursuivre sa carrière d'artiste est lui-même contrebalancé par le fait qu'elle se retrouve chargée de toute la logistique du ménage (factures, transports, locations, contrats) et qu'une grande partie de son temps est en réalité consacrée à accompagner la carrière de Sylvère plutôt qu'à travailler sur ses propres films – elle devient donc un « satellite de la Grande Bite » malgré elle. Autre exemple de contradictions (apparentes) : Chris souffre du manque de reconnaissance académique que lui vaut son absence de diplôme universitaire (elle est toujours celle qui obtient la parole tard dans la soirée, et devant une salle vide), insiste sur le fait que sa manière de penser, quand bien même elle n'obtiendrait pas de validation (intellectuelle) ou de valorisation (financière), est tout aussi importante que celle de Sylvère ou du fameux Dick, mais elle a besoin qu'on lui dicte sa conduite lorsqu'elle a de la fièvre parce qu'elle est incapable de savoir ce qu'elle doit faire, il faut qu'une figure rassurante (un homme) décide pour elle. Le livre raconte toutes ces situations où penser droit, penser de façon cohérente, maintenir une posture combative s'avère, sinon impossible, du moins extrêmement difficile : la maladie qui infantilise et rend dépendante, le désir qui pousse aux grandes compromissions pourvu qu'il atteigne sa concrétisation, la précarité qui oblige aux combines, rétrécit le champ de vision et ne permet aux sujets d'indignation extérieurs de ne se frayer un chemin que par intermittence. Chris Kraus a 40 ans dans ce livre et elle dit qu'elle a accepté les contradictions de sa vie. Le plus souvent, elle est très drôle, voire sarcastique, quand elle les aborde, mais la souffrance affleure par endroits. « *Tu penses trop*, c'est ce qu'ils disent tous quand leur curiosité s'épuise. » Elle m'émeut. Et quand j'ai eu fini de traduire ce roman, j'ai commencé à affirmer moi aussi que j'étais féministe.

La journaliste et écrivaine Laure Adler évoque souvent *Un barrage contre le Pacifique* comme le livre qui lui a sauvé la vie au milieu d'un été sombre. Trouvées par hasard dans le rayonnage d'une maison de vacances, ces pages écrites par Marguerite Duras, en 1950, lui redonnent de la force, et c'est un dialogue continu que Laure Adler noue avec la romancière depuis cette première rencontre. Elle lui écrit une lettre pour la remercier, l'interviewera plus tard et finira par écrire sa biographie. Sur la couverture du livre, une photographie en noir et blanc de Marguerite Duras, un léger sourire aux lèvres, le regard au loin que l'on imagine porté vers la mer, qu'elle aimait tant. Se lit dans son corps, dans sa silhouette et dans ses yeux l'intensité des désirs qui l'animaient et dont le plus brûlant était celui de l'écriture. Laure Adler l'évoque dans *La Voyageuse de nuit*, sa belle et intime méditation sur la vieillesse. Selon ses mots, Marguerite Duras ne craignait ni la mort, ni le temps qui passe, mais sa seule peur était l'interruption de l'écriture: « Elle écrira jusqu'au dernier souffle, reviendra de la mort à plusieurs reprises, développant un savoir des confins, une lucidité vénéneuse, une jalousie féroce des vivants, elle qui ne l'était plus vraiment, avec une force d'un âge préhistorique. »

Laure Adler aurait pu consacrer son texte à cette filiation durassienne, à sa lecture fondatrice d'*Un barrage contre le Pacifique*, à l'histoire de Suzanne, de son frère Jo et de leur mère dans la moiteur de l'Indochine française, largement inspirée de la vie de l'autrice. Finir avec les silences et les absences de Duras, la mélancolie battante de son écriture et le grain de sa voix. Finir avec les passions de ses personnages, leurs désirs déchirants et leurs solitudes. Mais Laure Adler inscrit Marguerite Duras dans une constellation plus large d'écrivaines et d'écrivains qui ont marqué sa vie. Comme elle le fait dans *La Voyageuse de nuit*, livre déambulatoire entre Annie Ernaux, Marcel Proust, Simone de

Beauvoir, André Gorz et où chaque livre souvenir rayonne et éclaire sa réflexion sur l'âge et la vieillesse.

Laure Adler dit être devenue une « femme-livre ».

Son texte devient ainsi un éloge de la lecture au cours d'une vie, une conclusion parfaite pour notre bibliothèque féministe, collective et subjective dont le cœur réside tout simplement ici : dans ce désir toujours intense, jamais ininterrompu, vivant et en mouvement de lire pour mieux vivre.

« Impossible de démêler ce que je leur dois... »

par Laure Adler

Je suis une lectrice tardive. Très peu de livres dans la maison en Afrique, et la vie au-dehors, tout le temps. La nage, le tennis, les forêts de cocotiers et les manguiers sur lesquels nous savions monter tant leur écorce était douce.

Le premier livre, c'est mon premier amour qui me l'a offert. C'était en Angleterre, où mes parents m'avaient envoyée un été pour *improve* – soi-disant – *my English*. Ça leur coûtait cher et c'était une arnaque, car nous passions toutes nos soirées avec de charmants garçons français un peu dandy et cultivés, autrement plus sexy à nos yeux que les garçons anglais du même âge, qui nous semblaient plus nigauds et à déniaiser. Au troisième rendez-vous devant une barque de *fish and chips*, en tout bien tout honneur, le French m'offrit avec beaucoup de solennité le livre, disait-il, qui avait changé sa vie. Et qui changea aussi la mienne puisque j'appris le soir même que lire, c'était passer la frontière : partir en douce de l'autre côté du monde sans prévenir personne. La Chloé de *L'Écume des jours* m'a transportée dans un univers féerique où l'amour, le grand amour, existe et ne se paie pas de mots. J'étais comme le Colin de *L'Écume*, tremblante de crainte devant la menace de ce nénuphar poussant dans les poumons de Chloé, qui ne peut respirer que si elle est entourée de fleurs. Je manquais moi aussi d'oxygène tant j'étais embarquée dans l'espace qui se rétrécit au fur et à mesure que la mort approche. Je ne me souviens plus guère du visage de mon amoureux mais garde en mémoire mon sentiment d'oppression à l'idée de la disparition de l'héroïne. Comme si elle était réelle, en chair et en os.

Ce fut un véritable coup de foudre. L'acte même de lire. Et je saurai toujours gré à ce premier amoureux de m'avoir ouvert les portes de cet étrange paradis où, justement, on ne peut que vivre… seule.

Car cette étrange pratique, devenue au fil des temps addictive, nécessite d'être allongée dans une pièce fermée, volets plus ou moins clos, comme une coupure d'avec les bruits du monde pour un embarquement corps et âme.

Je suis devenue progressivement, sans m'en rendre compte, une femme-livre, une personne qui peut mieux vous dire ce qu'elle lit, et comment elle est constituée par ses lectures, que ce qu'elle vit, qui me paraît beaucoup plus incertain, fantomatique, brouillé. Les livres que j'ai lus se sont inscrits dans ma chair, sur ma peau, dans ma mémoire comme une sorte de tatouage, palimpseste illisible tant il possède de couches successives.

Ce n'est pas un livre mais des multitudes de livres qui ont éveillé en moi la fierté d'appartenir au sexe féminin. Car c'est par les livres que j'ai compris que j'étais une fille. C'est par les livres que j'ai compris que je pouvais en être fière. C'est par les livres que j'ai ressenti la solidarité, la nécessité des combats. C'est par et grâce aux livres que je me suis sentie plus forte parce que féministe.

C'est d'ailleurs dans un groupe du MLF que j'ai osé parler la première fois d'un livre d'enfant que ma grand-mère me lisait et qui me terrifiait. Son héroïne, échappée de *La Semaine de Suzette*, s'appelait Bécassine, était maladroite, gourde, gaffeuse. « Comme toi », me disait gentiment en rigolant ma grand-mère, surnom entendu par les garçons du terrain vague d'à côté qui me ligotèrent à un arbre en répétant avec force ricanements ce « Bécassine » devenu alors nom propre du malheur et de l'humiliation.

Cette servante malléable, disponible, toujours gentille avec sa patronne, la marquise de Grand-Air, m'a longtemps obsédée comme incarnation de l'éternelle dominée, sans que j'ose en parler tant il m'aurait semblé indécent de partager ce misérable tas de petits secrets.

Mais lire n'est jamais innocent. Et des impressions perdurent, marquant quelquefois à jamais votre imaginaire. Pour cette raison, ce qu'on donne à lire aux enfants – que ce soient des manuels ou des livres de fiction – est un acte important artistiquement et intellectuellement.

Apprendre à déchiffrer les paroles des femmes qui ne savaient pas écrire et qui étaient retranscrites par des policiers qui avaient recueilli leur déposition après les avoir arrêtées pour prostitution sur la voie publique fut une expérience déterminante pour comprendre ce que lire veut dire. À travers les mots de ceux qui veulent leur confisquer leur liberté, saisir le sens de leur révolte, la lutte pour leur survie et le combat permanent pour conserver leur dignité.

Décrypter à travers les archives ce qu'elles furent dans cet océan de papiers datés du XIXe siècle en prenant garde à elles pour ne pas les trahir et les mettre en lumière en leur ôtant le manteau sombre et la carapace d'opprobre moral qu'elles ont suscité fut pour moi une tâche longue, minutieuse et exaltante. Je vivais littéralement avec elles, ces filles de papier envers qui je me sentais une responsabilité. Par leurs prénoms, leurs agissements, le recoupement des données sur de longues durées, je m'imaginais leur donner un statut, une existence. Je les « voyais » littéralement.

« Je suis devenue progressivement, sans m'en rendre compte, une femme-livre. »

Lecture empathie. Lecture créatrice de communautés réelles ou fictives.

Impossible de démêler en moi ce que je dois à Jane Austen, à Jean Rhys, à Virginia Woolf, à Carson McCullers, à Joan Didion, à Edith Wharton, à Charlotte Brontë, à Sylvia Plath. Elles m'ont toutes construite, constituée, m'ont donné de leur sang et me permettent quelquefois d'envisager les lendemains.

Lire mais aussi, après le choc de la découverte, relire. À l'âge où j'arrive, j'ai besoin de relire. À travers les nouvelles lectures, je découvre d'autres « je », je me nourris d'autres mots, d'autres enjeux, remettant en cause ce que j'avais cru percevoir et comprendre, enrichissant ainsi l'intranquillité de mes certitudes et me trouvant de plus en plus bigarrée, changeante, émotive de plus en plus, accrochée à la lecture comme à un vaisseau spatial, dépendante, de plus en plus dépendante. Pas de balade à pied sans livre dans la poche. Pas de transport en commun sans, au moins, deux livres dans le sac. Pas de rendez-vous sans avoir mis sur mon portable en pièce jointe un texte qui va sortir.

Car je suis aussi devenue au fil du temps une « addict » de ce qu'on nomme les « nouveautés ». Je suis pourtant entourée de personnes qui dédaignent ce flux de parutions lors des deux rentrées littéraires. Moi, comme un chien fou dans une meute indisciplinée, j'ouvre, je hume, je prends, je lâche, je reprends. Tous ces livres d'autrices et d'auteurs inconnus me tentent, me font rêver, m'excitent.

Lecture espérance. Lecture suspension du temps. Lecture ravissement – au sens durassien du terme. Souvenez-vous de Lol V. Stein s'allongeant dans le champ de seigle qui crisse, pour admirer sans douleur ni jalousie son fiancé faire l'amour avec une autre. Lecture modification de nos innombrables « soi ». Lecture décentrement, déséquilibre, alimentation de notre dynamo vitale élaborée à notre insu. Avoir du goût pour la lecture, c'est avoir du goût pour les autres, pour la vie.

Bibliographie

Adèle Haenel raconte… Virginie Despentes

Baise-moi, Virginie Despentes, éditions Florent Massot, 1994 ; Grasset, 1998 ; « J'ai lu », 1999

King Kong théorie, Virginie Despentes, Grasset, 2006 ; « Le Livre de Poche », 2007

Bye bye Blondie, Virginie Despentes, Grasset, 2004 ; « Le Livre de Poche », 2006

Les Chiennes savantes, Virginie Despentes, éditions Florent Massot, 1996 ; Grasset, 2001 ; « J'ai lu », 1997

Sister Outsider, Audre Lorde, Mamamélis, 2003 ; 2ᵉ édition, 2018

Texte lu par Virginie Despentes sur la scène du centre Georges-Pompidou, Paris, le 16 octobre 2020, https://www.youtube.com/watch?v=oW4OC42Bzxo

Nadège Beausson-Diagne raconte… Audre Lorde

Autobiographie, Angela Davis, Aden, 2013

Sister Outsider, Audre Lorde, Mamamélis, 2003 ; 2e édition, 2018

Laura Nsafou raconte... Ysiaka Anam

Et ma langue se mit à danser, Ysiaka Anam, La Cheminante, 2018
Sister Outsider, Audre Lorde, Mamamélis, 2003 ; 2e édition, 2018
Négropolitude, Josette Spartacus, L'Harmattan, 2016
Où j'apprends à ma mère à donner naissance, Warsan Shire, éditions Isabelle Sauvage, 2017
Il n'y a pas que Beyoncé, Morgan Parker, Au Diable Vauvert, 2021

Mélissa Laveaux raconte... Nnedi Okorafor

Qui a peur de la mort ?, Nnedi Okorafor, Panini, 2013 ; ActuSF, 2017 ; « Le Livre de Poche », 2018
The Book of Phoenix, Nnedi Okorafor, Hodder & Stoughton, 2015 (version anglaise)
Undrowned, Black Feminist Lessons from Marine Mammals, Alexis Pauline Gumbs, AK Press, 2021 (version anglaise)
Akata Witch, Nnedi Okorafor, L'École des loisirs, 2010
Les Mangeurs de sel, Toni Cade Bambara, Ypsilon, 2018

Titiou Lecoq raconte… Simone de Beauvoir

Mémoires d'une jeune fille rangée, Simone de Beauvoir, Gallimard, 1958 ; « Folio », 1972

La Force de l'âge, Simone de Beauvoir, Gallimard, 1960 ; « Folio », 1986

La Force des choses, Simone de Beauvoir, Gallimard, 1963 ; « Folio », 1972

Le Deuxième Sexe, Simone de Beauvoir, Gallimard, 1949 ; « Folio », 1986

Geneviève Fraisse raconte… Fanny Raoul

Opinion d'une femme sur les femmes, Fanny Raoul, 1801 ; Le Passager clandestin, 2011

Muse de la raison, démocratie et exclusion des femmes en France, Geneviève Fraisse, Alinéa, 1989 ; « Folio Histoire », 2017

« Fanny Raoul, du plagiat en 1800 : tyran ou tyrannomanie », *Théâtre/Public,* n° 236, présenté par Geneviève Fraisse, juin 2020

Rebecca Zlotowski raconte… Susan Sontag

Renaître, journaux et carnets (1947-1963), Susan Sontag, éditions Christian Bourgois, 2010

La Conscience attelée à la chair, tome 2 (1964-1980), Susan Sontag, éditions Christian Bourgois, 2013

Marie Desplechin raconte… Françoise d'Eaubonne

Les États du désert, Marc Cholodenko, Flammarion, 1976 ; « Le Livre de Poche », 1986 ; P.O.L., 2011

Claudine à l'école, Colette, 1900 ; « Le Livre de Poche », 1978

Aphrodite, Pierre Louÿs, 1896 ; Albin Michel, 1987 ; « Folio », 1992 ; Payot, 2013 ; Albin Michel, 2016

L'Amazone bleue, Françoise d'Eaubonne, Hachette, « Bibliothèque verte », 1962

Chevrette et Virginie, Françoise d'Eaubonne, Hachette, « Bibliothèque verte », 1958

L'Amazone verte, le roman de Françoise d'Eaubonne, Élise Thiébaut, Charleston, 2021

Assa Traoré raconte… Denis Mukwege

Réparer les femmes, un combat contre la barbarie, Denis Mukwege et Guy-Bernard Cadière, Mardaga, 2019

Fatima Daas raconte… Djaïli Amadou Amal

Les Impatientes, Djaïli Amadou Amal, éditions Emmanuelle Collas, 2020

Chère Ijeawele, ou un manifeste pour une éducation féministe, Chimamanda Ngozi Adichie, Gallimard, 2017

Alice Coffin raconte... Alison Bechdel

L'Essentiel des gouines à suivre (1987-1998), Alison Bechdel, Même pas mal, 2016

L'Essentiel des gouines à suivre (1998-2018), Alison Bechdel, Même pas mal, 2018

Fun Home, une tragicomédie familiale, Alison Bechdel, Denoël Graphic, 2006 ; nouvelle édition 2013 ; Points, 2014

C'est toi ma maman ?, un drame comique, Alison Bechdel, Denoël Graphic, 2013

Dyke Strippers, Lesbian Cartoonists A to Z, Katie Brown, Cleis Press, 1995 (version anglaise)

La colline que nous gravissons, Amanda Gorman, Fayard, 2021

L'Œil le plus bleu, Toni Morrison, Robert Laffont, 1971 ; éditions Christian Bourgois, 1994 ; « 10/18 », 2008

Épistémologie du placard, Eve Kosofsky Sedgwick, éditions Amsterdam, 2008

Le Génie lesbien, Alice Coffin, Grasset, 2020

Hothead Paisan, Homicidal Lesbian Terrorist, Diane DiMassa, Cleis Press, 1994

Morgane Ortin raconte... Camille Claudel

Correspondance, Camille Claudel, édition d'Anne Rivière et Bruno Gaudichon, Gallimard, 2003 ; 3e édition, 2014

Femmes psychiatrisées, femmes rebelles, Martine Delvaux, Les empêcheurs de penser en rond, 1998

Camille Froidevaux-Metterie raconte… Virginia Woolf

Une chambre à soi, Virginia Woolf, 1929, Gonthier, 1965 ; Denoël, 2016 ; « 10/18 », 2001 ; « Le Livre de Poche », 2020

Mrs Dalloway, Virginia Woolf, 1925, Stock, 1929 ; « Le Livre de Poche », 1993 ; « Folio classique », 1994

Orlando, Virginia Woolf, 1928, Delamain et Boutelleau, 1931 ; « Le Livre de Poche », 1993 ; Gallimard, « Bibliothèque de La Pléiade », 2012

« Déchirer le voile du silence », Adèle Cassigneul, revue *Europe*, janvier-février 2021

Rebecca Amsellem raconte… Alexandra Kollontaï

La Révolution, le Féminisme, l'Amour et la Liberté, Alexandra Kollontaï, Le Temps des cerises, 2017

Correspondance (1944-1959), Albert Camus, Maria Casarès, Gallimard, 2017 ; « Folio », 2020

Sara Ahmed, in *Red Love: A Reader on Alexandra Kollontaï, Kollantaï: A Play by Agneta Pleijel*, Konstfack Collections et Tensta konsthall, juin 2020

Pénélope Bagieu raconte… Liv Strömquist

Les Sentiments du prince Charles, Liv Strömquist, Rackham, 2016

L'Origine du monde, Liv Strömquist, Rackham, 2016

Culottées, des femmes qui ne font que ce qu'elles veulent, Pénélope Bagieu, Gallimard, 2016 (tome 1), 2017 (tome 2)

Grandeur et décadence, Liv Strömquist, Rackham, 2017

I'm every woman, Liv Strömquist, Rackham, 2018

King Kong théorie, Virginie Despentes, Grasset, 2006 ; « Le Livre de Poche », 2007

Nina Bouraoui raconte… Annie Ernaux

La Femme gelée, Annie Ernaux, Gallimard, 1981 ; « Folio », 1987

L'Événement, Annie Ernaux, Gallimard, 2000 ; « Folio », 2001

Mémoire de fille, Annie Ernaux, Gallimard, 2016 ; « Folio », 2018

L'Occupation, Annie Ernaux, Gallimard, 2002 ; « Folio », 2003

Se perdre, Annie Ernaux, Gallimard, 2001 ; « Folio », 2002

Passion simple, Annie Ernaux, Gallimard, 1992 ; « Folio », 1994

Alice Zeniter raconte… Chris Kraus

I Love Dick, Chris Kraus, Flammarion, 2016 ; « J'ai lu », 2018

Laure Adler

L'Écume des jours, Boris Vian, Gallimard, 1947 ; Pauvert, 1963 ; Christian Bourgois, 1975 ; « 10/18 », 1976 ; « Le Livre de Poche », 1997

L'Enfance de Bécassine, Jacqueline Rivière et Émile-Joseph-Porphyre Pinchon, 1913

Le Ravissement de Lol V. Stein, Marguerite Duras, Gallimard, 1964 ; « Folio », 1976

Les podcasts de Louie Media

Le podcast qui vous aide à comprendre pourquoi vous ressentez ce que vous ressentez et d'où viennent les émotions que vous éprouvez !

Le podcast qui décortique la construction du silence autour de l'inceste.

Le podcast qui analyse les rapports de pouvoir autour de la parole.

Le podcast qui explore les bouleversements du monde du travail et sa place dans nos vies.

Le podcast d'histoires vraies qui questionne notre point de vue.

Le podcast qui explore la sortie de l'enfance.

Le podcast qui vous aide à renouveler votre bibliothèque.

Le podcast qui cuisine nos habitudes alimentaires.

Le podcast d'histoire qui rend aux femmes la place qu'on leur a ôtée.

Le podcast pour se lancer dans l'écriture : avec les conseils de Fanny Herrero, Olivier Norek, Woodkid ou Delphine de Vigan…

Le podcast qui s'interroge sur la possibilité de concilier économie et écologie.

Ces podcasts sont disponibles sur toutes les plateformes de podcasts : Apple podcasts, Spotify, Deezer, Castbox…

Crédits des illustrations

P. 242, 252 et 255 :
© Alison Bechdel, *L'Essentiel des Gouines à suivre*, Même Pas Mal, 2016.

P. 245 :
Titre original : *Fun Home, A Family Tragicomic*. Publié aux USA par Mariner Books. © Alison Bechdel, 2006. Traduction française de Clara Malraux © Éditions Denoël, 2013.

P. 250 : Extrait de *Dykes To Watch Out For*, Firebrand Books (1986). © Alison Bechdel, 1986. Reproduit avec l'autorisation de l'autrice.

P. 280 et 285 : © Liv Strömquist, Rackham, 2020.

L'EXEMPLAIRE QUE VOUS TENEZ ENTRE LES MAINS
A ÉTÉ RENDU POSSIBLE GRÂCE AU TRAVAIL DE TOUTE UNE ÉQUIPE.

ÉDITION : Charlotte Rotman
COUVERTURE ET CONCEPTION GRAPHIQUE : Quintin Leeds
RÉVISION : Anne-Soazig Brochoire, Isabelle Paccalet et Anaïs Pournin
MISE EN PAGE : Soft Office
PHOTOGRAVURE : Axiome
FABRICATION : Maude Sapin
COMMERCIAL ET RELATIONS LIBRAIRES : Adèle Leproux
PRESSE ET COMMUNICATION : Arnaud Labory
COMMUNICATION DIGITALE : Alice Huguet

RUE JACOB DIFFUSION : Élise Lacaze (direction), Katia Berry (grand Sud-Est), François-Marie Bironneau (Nord et Est), Charlotte Jeunesse (Paris et région parisienne), Christelle Guilleminot (grand Sud-Ouest), Laure Sagot (grand Ouest), Diane Maretheu (coordination), Charlotte Knibiehly (ventes directes) et Camille Saunier (librairies spécialisées)

DISTRIBUTION : Interforum

DROITS FRANCE ET JURIDIQUE : Geoffroy Fauchier-Magnan
DROITS ÉTRANGERS : Sophie Langlais
ACCUEIL ET LIBRAIRIE : Laurence Zarra
ANIMATION : Sophie Quetteville
ENVOIS AUX JOURNALISTES ET LIBRAIRES : Vidal Ruiz Martinez
COMPTABILITÉ ET DROITS D'AUTEUR : Christelle Lemonnier, Camille Breynaert et Christine Blaise
SERVICES GÉNÉRAUX : Isadora Monteiro Dos Reis

Merci à toute l'équipe de Louie Media, tou·tes les chargées de production, auteur·ices, journalistes, musicien·nes, ingénieur·es son qui font Louie au quotidien, et notamment « Le Book Club », podcast à partir duquel ce livre a été pensé.

L'ensemble de cet ouvrage a été réalisé dans le respect
des règles environnementales en vigueur. Il a été imprimé
par un imprimeur certifié Imprim'vert, sur du Munken Print White PEFC
pour l'intérieur et une carte Crescendo PEFC pour la couverture.

Achevé d'imprimer sur les presses de l'imprimerie Normandie Roto s.a.s
à Lonrai (Orne) en septembre 2021.

ISBN : 978-2-37880-255-4
Numéro d'impression : 2104239
Dépôt légal : Octobre 2021

En France, un livre a le même prix partout. C'est le « prix unique
du livre » instauré par la loi de 1981 pour protéger le livre et la lecture.
L'éditeur fixe librement ce prix et l'imprime sur le livre.
Tous les commerçants sont obligés de le respecter.
Que vous achetiez votre livre en librairie, dans une grande surface
ou en ligne, vous le payez donc au même prix.
Avec une carte de fidélité, vous pouvez bénéficier
d'une réduction allant jusqu'à 5 % applicable uniquement en magasin
(les commandes en ligne expédiées à domicile en sont exclues).
Si vous payez moins cher, c'est que le livre est d'occasion.